届け先のわからない手紙、
預かります

漂流郵便局

久保田沙耶

小学館

小さな瓶につめた手紙が
流れ着く場所のように

いまも昔も変わらずに
穏やかな潮の流れが交差する
この島には
たくさんの漂流物が流れ着きます

そして今日もこの島に
ひとつの朝がやってきて
潮の流れに導かれるように
1通の手紙がやってきました

港から続く静かな島の小道を歩けば
瓦屋根の家々　路地で昼寝中の猫たち
畑のやさい　風にゆれる草花

00.00.00

昔どこかで見たような　懐かしい景色を通り抜け
今日もたくさんの言葉たちが　この島の　この場所に

郵便電信電

いつかのどこかのだれか宛
届け先のわからない
そんな手紙を受け付ける
たったひとつの郵便局です

この島に流れ着く　宛先のない手紙たちは
朝日をあびて　きらりと光る
波打ち際のガラスのかけらに　よく似ています

漂流郵便局局長
中田勝久

アーティスト
漂流郵便局局員
久保田沙耶

穏やかな　潮の流れに導かれ
あなたも　いつかこの場所に
手紙たちが　たゆたう海で

CONTENTS

漂流郵便局

漂流郵便局（旧粟島《あわしま》郵便局）は、
瀬戸内海に浮かぶ小さなスクリュー形の島、
粟島のおへその部分にあります。

東西の海流がぶつかり、
日本最古の海員学校が存在したこの島には、かつて
たくさんの物、事、人が流れ着きました。

こちらは、届け先のわからない手紙を受け付ける郵便局です。

「漂流郵便局留め」で寄せられた手紙たちを
「漂流私書箱」に収めることで
いつか所在不明の存在に届くまで、手紙を漂わせてお預かりします。

過去／現在／未来
もの／こと／ひと
何宛でも受け付けます。

いつかのどこかのだれか宛の手紙が
いつかここにやってくるあなたに流れ着きますように。

漂流郵便局員

※「漂流郵便局」はプロジェクト型のアート作品であり、日本郵便株式会社との関連はありません。

はじめに

波打ち際のわたしたち

久保田沙耶

はじめて私が香川県三豊《みとよ》市の粟島《あわしま》を訪れたのは、瀬戸内国際芸術祭に向けて制作する作品のリサーチのためでした。船から降りて一番最初に目に飛び込んできたのは、波打ち際に打ち寄せられた、驚くほどたくさんの漂流物です。ペットボトルや貝、犬の置物、船についていたランプ、錆びた空き缶、ゴルフボールや丸くなったガラスたち。これらは一体どこからきたのだろうと考えました。島を歩き回って、ちょうど島のおへそのあたりに見つけたのが、旧粟島郵便局（現在の漂流郵便局）でした。鍵が開いていたのでそのまま中に入ってみると、かつての郵便窓口やポスト、電話交換室まで、たくさんの郵便設備が埃《ほこり》をかぶって残っていました。かつてここを行き交っていた物や人や出来事を思いながら、ガラスに映る自分の姿を見つけたとき、「自分も

紫雲出山《しうでやま》からのぞむ粟島の風景

ここに流れ着いてしまったみたいだ」と感じました。波打ち際で見つけた漂流物と、かつてここを行き交った郵便物、そしてここを訪れた私が頭の中で重なり、ふと「漂流郵便局」という名前が浮かびました。

そのときの体験を思い出しながらつくったこの漂流郵便局は、国際芸術祭終了後の今も、全国から寄せられた届け先不明のたくさんの手紙たちと、粟島の波打ち際で拾った漂流物から生まれた作品たち、そして私たちが漂い集まる場となっています。人の手によって運ばれる郵便物と自然の力によって運ばれる漂流物、そして何かの力によってこの島に運ばれた私たち。漂流郵便局は、これらが出会い重なるひとつの波打ち際のようです。

本書には、実際の漂流郵便局のしつらえや装置、その中に置かれた作品、そこでの出来事、実際に届いた手紙など、たくさんのことがちりばめられています。あの日、自分が何か大きな流れの一部でしかないように感じられたかけがえのない体験を、この本を通して皆さまと少しでも共有できればと願っています。

みんながひとつの海に
たゆたいながらこの本を
読んでいるイメージ

谷川俊太郎さんから届いた手紙

この漂流郵便局に「返事のない手紙」を取り入れようと思ったきっかけは、小さいころから宝物だった谷川俊太郎さんの詩を読んだことでした。

谷川さんの詩のひとつひとつは、まるで返事のないものたちに語りかけ続ける手紙そのもののように見えました。相手からの返事がないこと、それでも、その返事のない相手も私たちとコミュニケーションをとりたがっていると信じること。それが人間の果てない希望と絶望が煮詰められた表現活動の動機なのではないかと思うようになったのです。

本書の出版にあたり、この想いを谷川俊太郎さんにお伝えしたところ、「届け先のわからない手紙」とメッセージをいただきました。

ブラックホール気付・親愛なる「無」様

実際にあなたにお会いしたことはないのですが、アタマの中では時折お会いしているつもりです。私たち生きとし生けるものの、イノチの母があなたであるということに、私は畏敬の念とともに、コトバに出来ない気持ちのひろがりを感じています。答えのない神秘から生きるエネルギーが沸いてくるのです。

いまここ気付・谷川俊太郎拝

漂流郵便局へのメッセージ

詩はヒトを読者として書かれるものですが、同時にヒトを超えた何かに向かって書かれるようでもあります。メールと違って返信を期待しませんから、漂流郵便局のポストが近所にないと困るのです。久保田さんありがとう。

はがき紹介

漂流郵便局にある「漂流私書箱」の中には、全国から寄せられた、たくさんの手紙をお預かりしています。漂流郵便局を訪れた人はだれでも手紙を読むことができ、もし自分宛の手紙を見つけたらお持ち帰りいただけます。自分宛ではない手紙は、また漂流私書箱の中へお戻しいただくという仕組みになっています。

私書箱の手紙を手に取るときは、まるで海岸に打ち上げられた漂流物を手に取り、それがどこからきたのか、だれのものだったのか、どんな海を漂ってきたのかという空想に耽《ふけ》る瞬間にすこし似ていると気がつきました。まずは、そんな手紙たちの一部をご紹介します。

＜おことわり＞※漂流郵便局への手紙の著作権は、差出人様から「漂流郵便局」(制作者・久保田沙耶)に譲渡していただいております。詳細はホームページでご確認ください。※本書では個人情報、プライバシーへの配慮から、個人名、固有名詞等の一部を仮名・伏字にさしかえました。※テキストに起こした文面の冒頭部分は、はがき表面に書かれている宛名を記している場合があります。※あきらかな誤字は（　）内に正字を記載しました。※改行は原文のままでない場合があります。

ボイジャー1号へ

こんばんは。誰も知らない暗やみを休まず走るあなたには、やっぱりいつでも「こんばんは」の挨拶で差し支えないかと思います。

いよいよ昨年、ぼくらの太陽系を飛びだしたと伺っていますが、新しい友人はもうできたでしょうか。

友達を作るのが得意でないぼくですので、地球を代表して未知の友達に最初に出会うあなたを少しうらやましくも思います。

数十年後にはとんでもない速さのボイジャー100号がすぐあなたに追いつき、そして追い越すでしょうか。そんな時あなたがのんびりと突き進んだ年数をばかにするひとたちも残念ながらいるかもしれませんね。

でもぼくはそんなあなたの日々を誇りに思います。最初にあなたに出会う友人は、初めて遭遇した地球からの冒険者をきっと忘れることはないと信じています。

これからも、お体に気をつけてがんばって下さい。

ボイジャー1号へ

こんばんは。誰も知らない暗やみを休まず走るあなたには、やっぱりいつでも「こんばんは」の挨拶で差し支えないかと思います。

いよいよ昨年、ぼくらの太陽系を飛びだしたと伺っていますが、新しい友人はもうできたでしょうか。

友達を作るのが得意でないぼくですので、地球を代表して未知の友達に最初に出会うあなたを少しうらやましくも思います。

数十年後にはとんでもない速さのボイジャー100号がすぐあなたに追いつき、そして追い越すでしょうか。そんな時あなたがのんびりと突き進んだ年数をばかにするひとたちも残念ながらいるかもしれませんね。

でもぼくはそんなあなたの日々を誇りに思います。最初にあなたに出会う友人は、初めて遭遇した地球からの冒険者をきっと忘れることはないと信じています。

これからも、お体に気をつけてがんばって下さい。

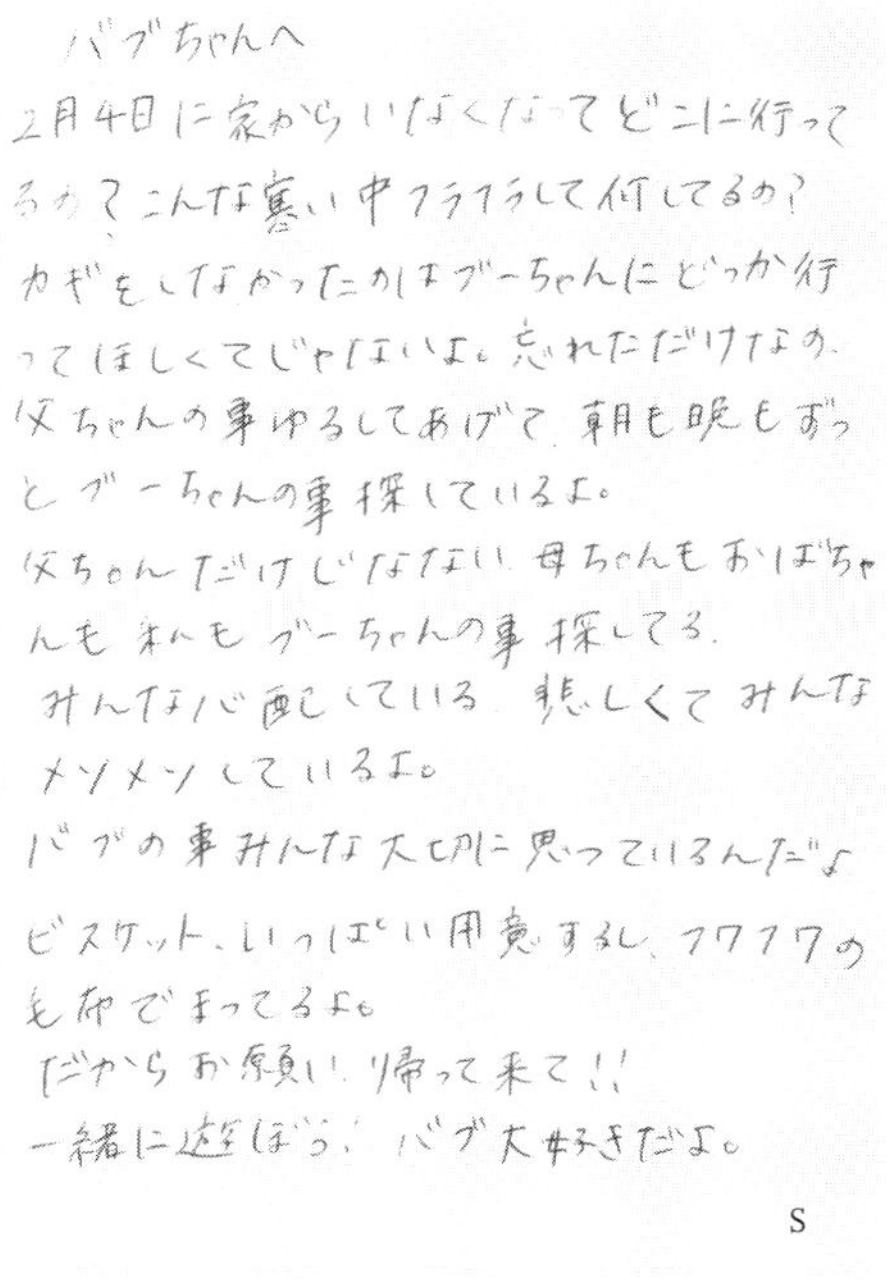
バブちゃんへ
2月4日に家からいなくなってどこに行って
るの？こんな寒い中フラフラして何してるの？
カギをしなかったのはブーちゃんにどっか行
ってほしくてじゃないよ。忘れただけなの。
父ちゃんの事ゆるしてあげて。朝も晩もずっ
とブーちゃんの事探しているよ。
父ちゃんだけじなない。母ちゃんもおばちゃ
んも私もブーちゃんの事探してる。
みんな心配している。悲しくてみんな
メソメソしているよ。
バブの事みんな大切に思っているんだよ
ビスケット、いっぱい用意するし、フワフワの
毛布でまってるよ。
だからお願い、帰って来て!!
一緒に遊ぼう！バブ大好きだよ。
S

バブちゃんへ

2月4日に家からいなくなって
どこに行ってるの？
こんな寒い中フラフラして何してるの？
カギをしなかったのはブーちゃんに
どっか行ってほしくてじゃないよ。
忘れただけなの。
父ちゃんの事ゆるしてあげて、
朝も晩もずっと
ブーちゃんの事探しているよ。
父ちゃんだけじな（や）ない、母ちゃんも
おばちゃんも私もブーちゃんの事探してる。
みんな心配している
悲しくてみんなメソメソしているよ。
バブの事みんな大切に思っているんだよ
ビスケット、いっぱい用意するし、
フワフワの毛布でまってるよ。
だからお願い、帰って来て!!
一緒に遊ぼう！ バブ大好きだよ。　――S

神様

バブが家に戻ってきました。
本当にありがとうございました。
人の優しさに感動しました。
これから人に優しく生きて
いこうと思います。

S

ありがとう!!

神様

バブが家に戻ってきました。
本当にありがとうございました。
人の優しさに感動しました。
これから人に優しく
生きていこうと思います。
ありがとう!!

——S

亡くなった
お母さんへ
いまだったら
言える
たくさんの
ありがとう

亡くなったお母さんへ

いまだったら
言える
たくさんの
ありがとう

これからふたりが過ごす時間へ.

僕たちの時間へ。
どうか1分でも、1秒でも長く
続いて下さい。

離れて過ごす時間は
どうか1分でも、1秒でも短く
過ぎさって下さい。

時計が教える時間の長さより
すこしでも長い時間を
僕たちの夜に下さい.

すべて分かり合える
1分をいつか
僕たちに下さい。

これからふたりが過ごす時間へ

僕たちの時間へ。
どうか1分でも、1秒でも長く
続いて下さい。
離れて過ごす時間は
どうか1分でも、1秒でも短く
過ぎさって下さい。
時計が教える時間の長さより
すこしでも長い時間を
僕たちの夜に下さい。
すべて分かり合える
1分をいつか
僕たちに下さい。

あの日のお姉ちゃんへ

わたしの人生でお姉ちゃん以上に
私を笑わせてくれた人はいません。
今は何だか昔のように話はできない
けれど、これから生きる私を支えるのは
あの日のお姉ちゃんです。ありがとう。

あの日のお姉ちゃんへ

わたしの人生でお姉ちゃん以上に
私を笑わせてくれた人はいません。
今は何だか昔のように
話はできないけれど、
これから生きる私を支えるのは
あの日のお姉ちゃんです。
ありがとう。

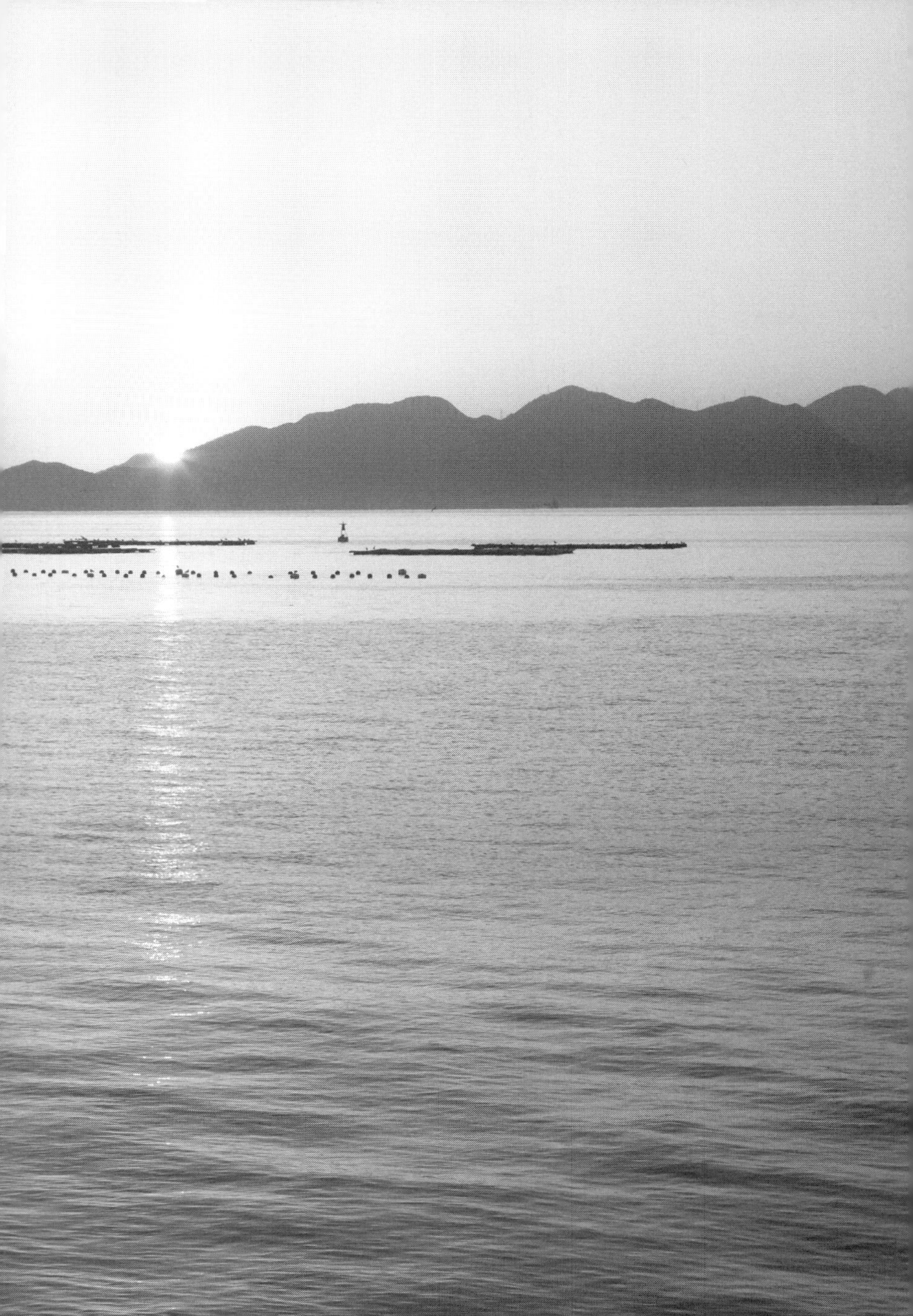

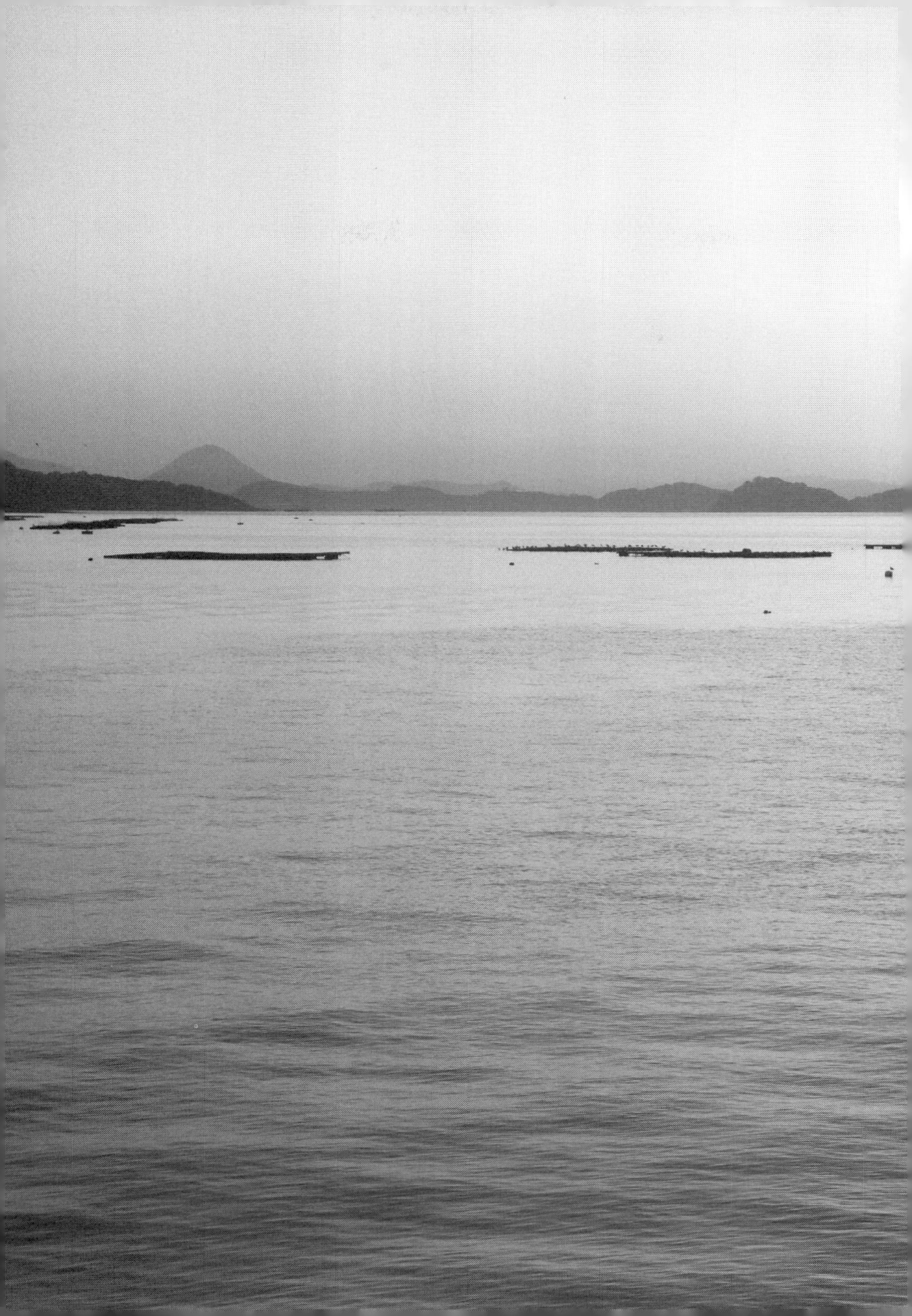

このてがみは、あなたにちゃんと、とどきましたか？

おかあさんはあなたがうまれるまで、もしかしていまもそうかもしれませんが、ほいくえんのせんせいをしていました。

たくさんのこどもたちをそだててきましたが、あなたのおかあさんになるのは、はじめてです。

おとうさんとであってから、おかあさんは、あなたにあいたくて、あいたくてしかたありませんでした。

おとうさんに、にているのかな？　おかあさんににているのかな？

まいにち、たくさんわらっていますか？

きっといろんなことが、あなたのじんせいあるかもしれませんが、だいじょうぶ。

どんなときも、おとうさんとおかあさんはあなたのみかたです。

わたしを、おかあさんにしてくれてありがとう。

ちょうどいま、あなたのおとうさんと、でんわしていましたが、おとうさんもおんなじきもちだよ。そうおもったら、はやくはやくあなたにあいたくなりました。

おかあさんがしあわせであるように、またあなたがもっとしあわせでありますように…　2014、2、9

おとうさんとおかあさんのだいじなだいじなあなたへ

このてがみは、あなたにちゃんと、とどきましたか？

おかあさんはあなたがうまれるまで、もしかしていまもそうかもしれませんが、ほいくえんのせんせいをしていました。たくさんのこどもたちをそだててきましたが、あなたのおかあさんになるのは、はじめてです。

おとうさんとであってから、おかあさんは、あなたにあいたくて、あいたくてしかたありませんでした。

おとうさんに、にているのかな？

おかあさんに、にているのかな？

まいにち、たくさんわらっていますか？

きっといろんなことが、あなたのじんせいあるかもしれませんが、だいじょうぶ。

どんなときも、おとうさんとおかあさんはあなたのみかたです。

わたしを、おかあさんにしてくれてありがとう。

ちょうどいま、あなたのおとうさんと、でんわしていましたが、おとうさんもおんなじきもちだよ。そうおもったら、はやくはやくあなたにあいたくなりました。

おかあさんがしあわせであるように、またあなたがもっとしあわせでありますように…

２０１４・２・９

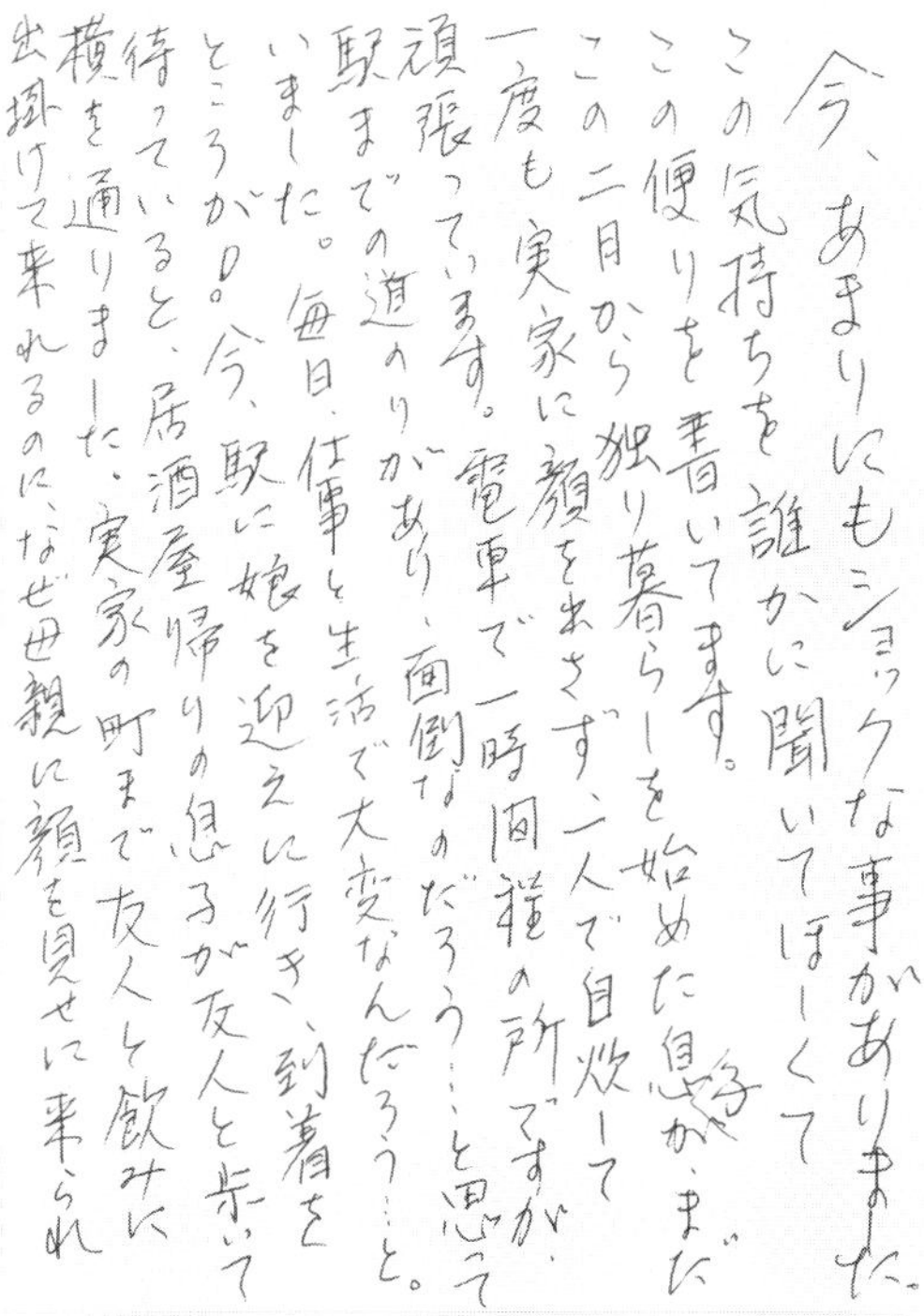
今、あまりにもショックな事がありました。
この気持ちを誰かに聞いてほしくて
この便りを書いてます。
この二月から独り暮らしを始めた息子が、まだ
一度も実家に顔を出さず、一人で自炊して
頑張っています。電車で一時間程の所ですが、
駅までの道のりがあり、面倒なのだろう…と思って
いました。毎日、仕事と生活で大変なんだろう…と。
ところが！今、駅に娘を迎えに行き、到着を
待っていると、居酒屋帰りの息子が友人と歩いて
横を通りました。実家の町まで友人と飲みに
出掛けて来れるのに、なぜ母親に顔を見せに来られ

ごんべいさま

今、あまりにもショックな事がありました。

この気持ちを誰かに聞いてほしくてこの便りを書いてます。

この二月から独り暮らしを始めた息子が、まだ一度も実家に顔を出さず、一人で自炊して頑張っています。電車で一時間程の所ですが、駅までの道のりがあり、面倒なのだろう…と思っていました。毎日、仕事と生活で大変なんだろう…と。ところが！　今、駅に娘を迎えに行き、到着を待っていると、居酒屋帰りの息子が友人と歩いて横を通りました。実家の町まで友人と飲みに出掛けて来れるのに、なぜ

ないのでしょうか。
さすがに気がひけたのでしょう。車の中の私に
「どう元気にしてる?」「どうしたの?」と二言。
あまりの偶然にお互いア然としてました。
家に帰ってから気持ちが、いかりが、失望感が
治まらず、ハガキに思いをぶつけています。
なんて情の薄い息子なのか! 親の心に泥の
雨が降りました。
そういう大人に育てた親の顔が見たい!
そう、鏡の前の私です!!

母親に顔を見せに来られないのでしょうか。

さすがに気がひけたのでしょう。車の中の私に「どう、元気にしてる?」「どうしたの?」と二言。あまりの偶然にお互いア然としてました。家に帰ってから気持ちが、いかりが、失望感が治(収)まらず、ハガキに思いをぶつけています。なんて情の薄い息子なのか! 親の心に泥の雨が降りました。

そういう大人に育てた親の顔が見たい!

そう、鏡の前の私です!!

初代局長へ、現局長より

漂流郵便局には、局員が実在します。ひとりは、この漂流郵便局というアート作品をつくりあげた、アーティストであり、本書著者の久保田沙耶。もうひとりは、局長として漂流郵便局を守っている中田《なかた》勝久《かつひさ》さん。

この不思議な郵便局の成り立ちについてはＰ１２６以降を読んでいただくとして、ここでは、局長である中田さんが想いを伝えたい相手、けれども届け先のわからない相手、中野寅三郎《とらさぶろう》氏に宛てたはがきをご紹介します。

このはがきの背景をひも解くことで、局長の人柄はもちろん、粟島の歴史や、粟島郵便局が漂流郵便局となりえた縁など、漂流郵便局をより深く知る手がかりになるでしょう。

（取材／編集部）

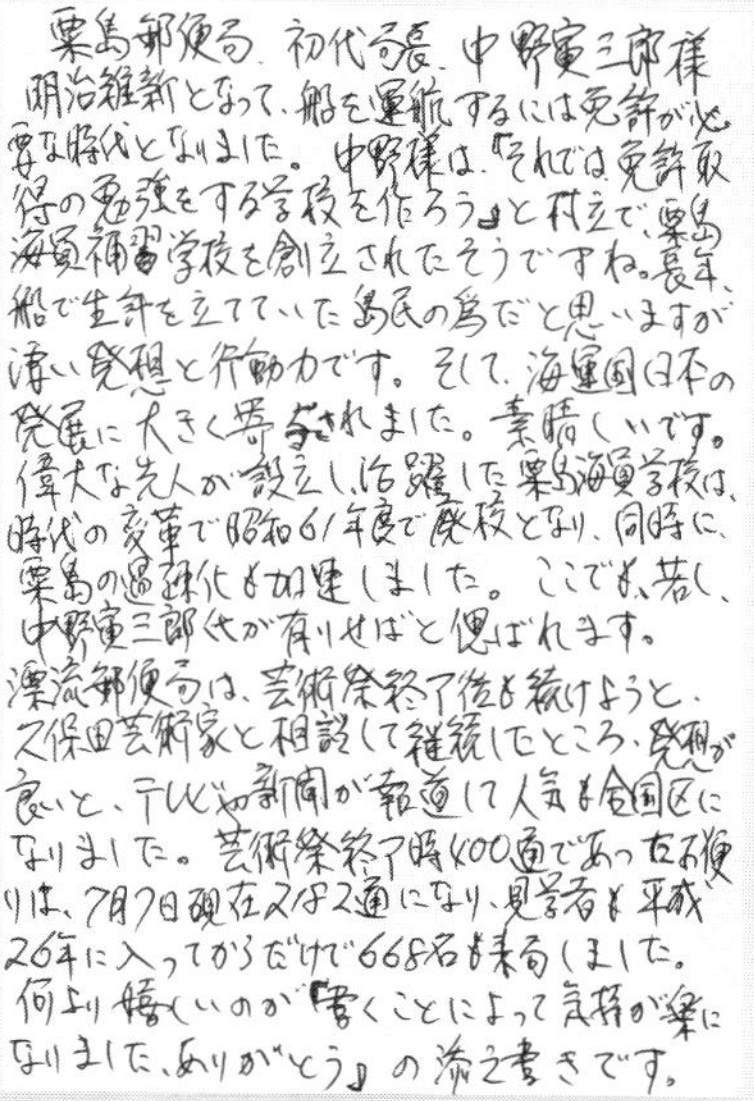

粟島郵便局、初代局長、中野寅三郎様
明治維新となって、船を運航するには免許が必要な時代となりました。中野様は『それでは免許取得の勉強をする学校を作ろう』と村立で粟島海員補習学校を創立されたそうですね。長年船で生計を立てていた島民の為だと思いますが凄い発想と行動力です。そして海運国日本の発展に大きく寄与されました。素晴しいです。
偉大な先人が設立し活躍した粟島海員学校は、時代の変革で昭和61年度で廃校となり、同時に、粟島の過疎化も加速しました。ここでも、若し、中野寅三郎氏が有りせばと偲ばれます。
漂流郵便局は、芸術祭終了後も続けようと、久保田芸術家と相談して継続したところ、発想が良いと、テレビや新聞が報道して人気も全国区になりました。芸術祭終了時400通であったお便りは、7月7日現在2182通になり、見学者も平成26年に入ってからだけで668名も来局しました。
何より嬉しいのが『書くことによって気持が楽になりました、ありがとう』の添え書きです。

（'14年7月7日消印）

粟島郵便局 初代局長 中野寅三郎 様

明治維新となって、船を運航するには免許が必要な時代となりました。中野様は、『それでは、免許取得の勉強をする学校を作ろう』と村立で、粟島海員補習学校を創立されたそうですね。長年、船で生計を立てていた島民の為だと思いますが凄い発想と行動力です。そして、海運国日本の発展に大きく寄与されました。素晴しいです。

偉大な先人が設立し、活躍した粟島海員学校は、時代の変革で昭和61年度で廃校となり、同時に、粟島の過疎化も加速しました。ここでも、若《も》し、中野寅三郎氏が有りせばと偲《しの》ばれます。

漂流郵便局は、芸術祭終了後も続けようと、久保田芸術家と相談して継続したところ、発想が良いと、テレビや新聞が報道して人気も全国区になりました。芸術祭終了時４００通であったお便りは、７月７日現在２１８２通になり、見学者も平成26年に入ってからだけで６６８名も来局しました。

何より嬉しいのが『書くことによって気持が楽になりました、ありがとう』の添え書きです。

粟島郵便局10代目局長から、漂流郵便局の局長へ

漂流郵便局の局長である中田勝久さんは、粟島郵便局に45年勤務し、うち17年間は10代目の郵便局長を務められました。つまり、本物の元郵便局長。そんな方が、アート作品「漂流郵便局」の局長を務めることになったのには、どんないきさつがあったのでしょうか。

「当時空き家だった旧粟島郵便局の建物を気に入った久保田沙耶さんに、郵便局や粟島の歴史をお話ししたのが最初の出会いです。そのご縁で、『局長をやっていただけませんか？』と依頼があり、最初は驚いてお断りしたのですが、彼女の熱意と、届け先のわからない手紙を預かるというコンセプトの面白さに惹かれました。何より、島の活性化にもつながるかなと軽い気持ちで引き受けたんです（笑）」

中田さんは、郵便局を退職後、粟島地区の公民館長を16年にわたって務めるほか、新聞『あわしま』の編集長も兼務しています。

「今年で80歳。人生の最終コーナーにさしかかった今、これまでお世

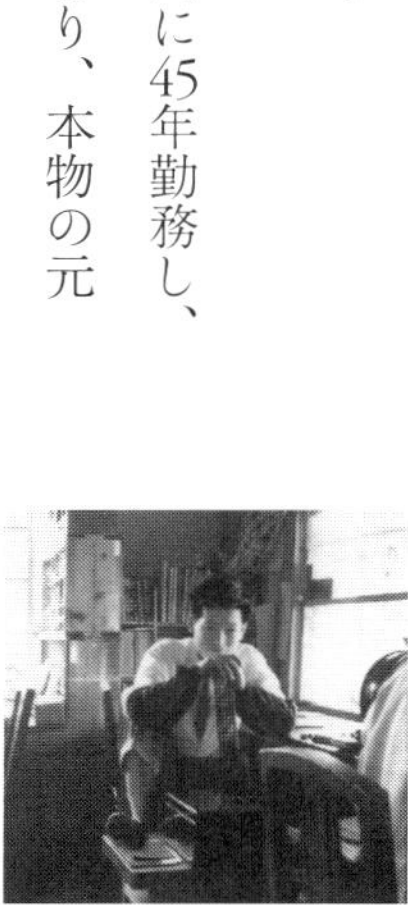
粟島郵便局の旧局舎にて。1955年、20歳のころの中田さん。

話になった方に、自分ができることで恩返しできればと思っていました。最初はとまどいましたが、今はいい出会いをたくさんいただけて、楽しみながらお役に立てることをありがたく思っています」

粟島郵便局、初代局長・中野寅三郎氏への想い

江戸時代後半から明治の初期にかけて、北前船《きたまえぶね》など海運業で栄えた粟島。ところが明治維新後、大型の汽船が登場。しかも大型汽船を操縦するには免許が必要な時代となり、島の海運業は衰えていきます。そんななか、船で生計を立てていた島民のため、自らの私財を投げうって海員養成のための学校をつくったのが、〝粟島中興《ちゅうこう》の祖〟と呼ばれる中野寅三郎氏でした。

「強い理念と発想力、行動力をもって島の活性化、地域発展に尽くした中野氏が、過疎化が進む現代の粟島にいてくれたら…。私がこんなことを思うのもおこがましいことなのですが、そんな想いをこめて、中野氏に宛てたはがきを書きました」

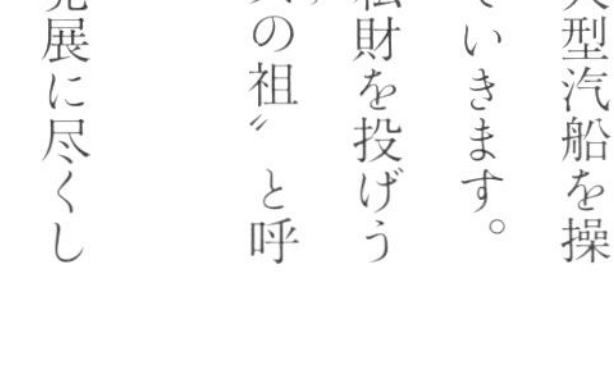

旧粟島郵便局の建物をそのまま利用した、現在の漂流郵便局。植木の刈り込みやペンキの塗り替えなど、中田さん自らメンテナンスを行っている。

時を重ね、刻々と変化する漂流郵便局

中田さんが中野寅三郎氏に宛てたはがきには、漂流郵便局に届いた手紙は2182通とあります。その後2014年12月31日現在で、寄せられた手紙は3346通。見学者も増え続け、最近では各地で届け先のわからない手紙を書いてもらう〝出張漂流郵便局〟といったイベントも開かれるようになりました。

手紙離れといわれている現代において、この漂流郵便局にこれだけ多くの手紙が届くのは、なぜなのでしょうか。

「だれもが胸のうちに秘めた想い、聞いてほしいという願望があると思うんです。そんな想いをはがきにしたためることで、気持ちの整理はもちろん、どこか癒されるのではないでしょうか。〝こんな場所がなければ、手紙を書くこともなかった。書いて気持ちが楽になりました。素敵な機会をありがとうございます〟といった言葉をたくさんいただきます。何よりうれしい言葉ですね」

左手にあるのは、切手入れとはかり。当時のまま保管されていた郵便設備を、漂流郵便局でも使用。

当初は、瀬戸内国際芸術祭の期間だけのアート作品だった漂流郵便局。けれども、芸術祭が終わっても漂流郵便局宛のはがきは増え続け、「こんなに大切な想いが込められたはがきを、このままにしておくわけにはいかない。受け付けるだけでもいいから、とにかく預かって大切に保管しよう。可能であれば、この場所を訪れたい人のために開局しよう」と、中田局長は久保田さんに提案しました。

「ただはがきを預かる場所、というだけではなく、留守番役の局員が実在することで、現実と非現実を結んでいるんだと最近思うようになりました。実際にこの郵便局を訪れた人は、漂流するはがきたちを読むことができます。読みながら、忘れかけていた大切な人への想いや、封じ込めていた気持ちなど、ふだん気づかなかった何かに気づく。それもこの漂流郵便局のひとつの役割ではないかと思っています」

時が経ち、たくさんの人の想いが混じり合って、漂流郵便局は刻々と変化しています。それもまた、大きな流れのなかに漂う、この郵便局の魅力のひとつといえるのではないでしょうか。

「いつも笑顔で皆さまをお迎えできるよう、体調管理には気をつけています」。そんな中田さんの優しい笑顔に癒され、リピーターとなって再びこの郵便局を訪れる人は多い。

35年ほど前、お母ちゃんにもらった小使の中に古い100円札が入っていました。私も家計が苦しかったのですが、この100円札は使いませんでした。古くてまるで血のにじんだようなお金は私は、もったいなくて使うことが出来ずに今だにもっています
働いて、々々家族の為にがんばってくれたお母ちゃん、本当にありがとう、これは私のお守りとしてこれからも大切においておきます。

あなたの娘より。

お母ちゃん

35年ほど前、お母ちゃんにもらった小使（小遣い）の中に古い100円札が入っていました。私も家計が苦しかったのですが、この100円札は使いませんでした。古くてまるで血のにじんだような、お金は私は、もったいなくて使うことが出来ずに今だにもっています。

働いて、々々家族の為にがんばっ（て）くれたお母ちゃん、本当にありがとう。これは私のお守りとしてこれからも大切においておきます。

——あなたの娘より。

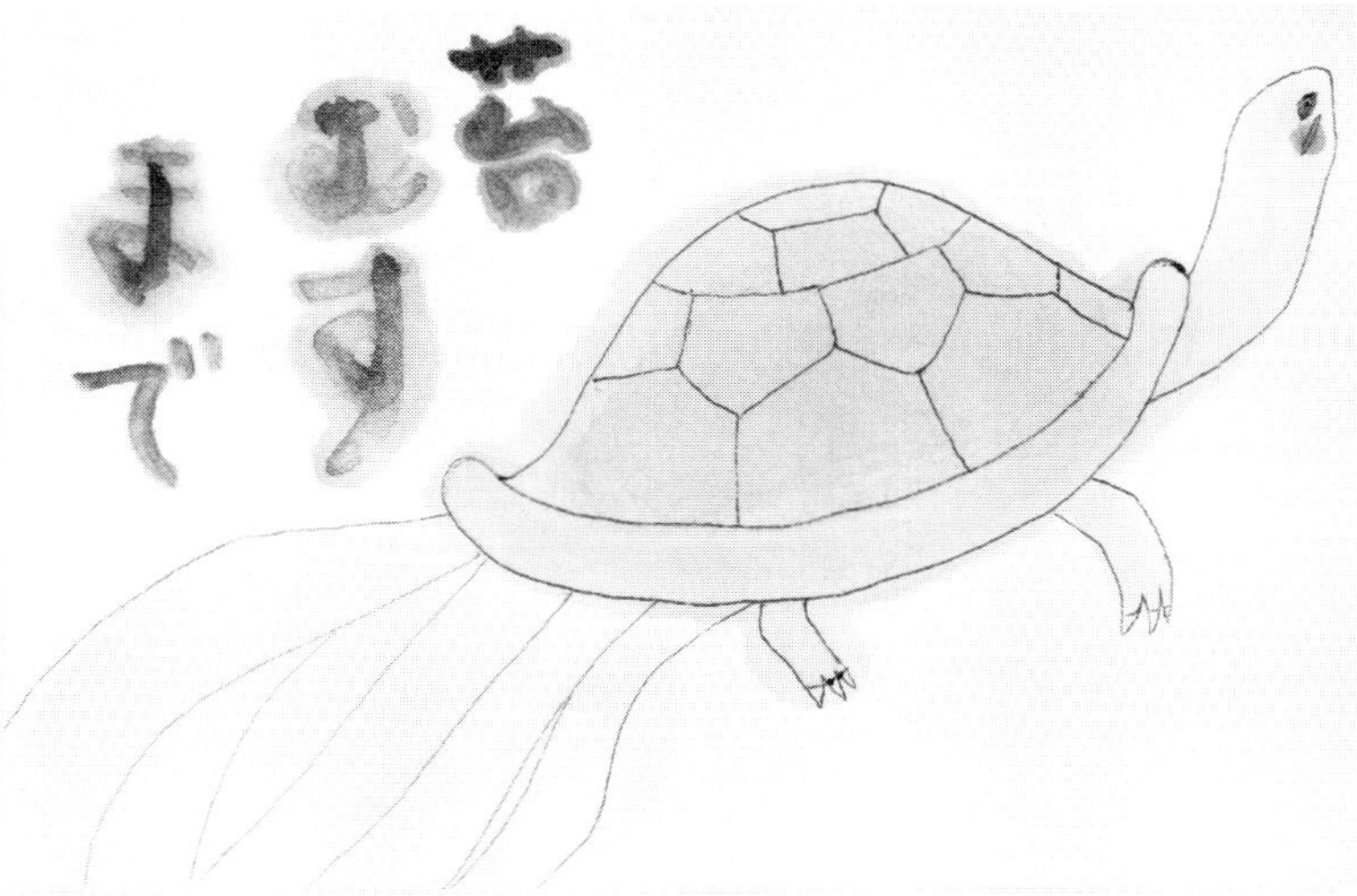

Y・T様

苔むすまで

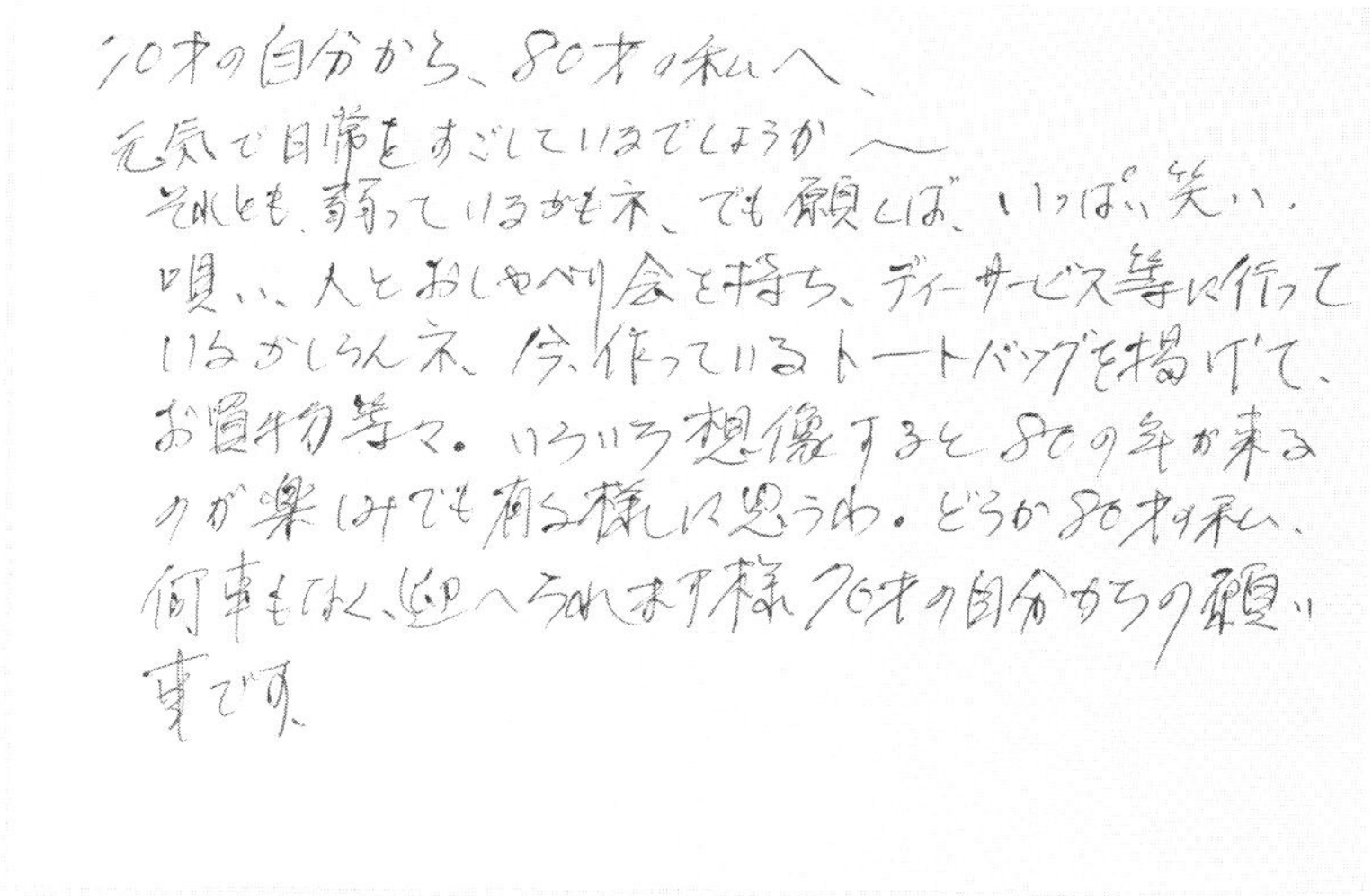
70才の自分から、80才の私へ、
元気で日常をすごしているでしょうか
それとも、弱っているかもネ、でも願くば、いっぱい笑い、
唄い、人とおしゃべり会を持ち、デイーサービス等に行って
いるかしらんネ、今、作っているトートバッグを揚げて、
お買物等々。いろいろ想像すると80の年が来る
のが楽しみでも有る様に思うわ。どうか80才の私、
何事もなく、迎へられます様70才の自分からの願い
事です。

70才の自分から、80才の私へ、

元気で日常を
すごしているでしょうか
それとも、弱っているかもネ、でも願（わ）くば、いっぱい笑い、唄い、人とおしゃべり会を持ち、ディーサービス等に行っているかしらんネ、今、作っているトートバッグを掲（提）げて、お買物等々。いろいろ想像すると80の年が来るのが楽しみでも有る様（よう）に思うわ。どうか80才の私、何事もなく、迎へ（え）られます様（よう）70才の自分からの願い事です。

今、平成十四年ですが四十五年前に姫路の街で私はおじ様し
とすれちがいました。今は天国におられるかも知れませんが
「きれいな顔しとるなあ」と言ってふり向いて下さいましたね
あの時は私は21才好きな人をあきらめて、他に嫁ぐための
用意をし、失意の底にいました。泣き出さんばかりの表情
で目を送っている時でしたが、今は幸福に暮していますがあの
日の光景は一日も忘れた事はありませんでした。でも忘れ様
と努めました。ただの自分勝手な感傷にすぎないと、気が
付きました。でもうれしかったですよ。あの言葉は
悲しみを深めたけれど、感謝しています。さようなら

夕暮れの街で逢った見知らぬおじ様

今、平成十四年ですが四十五年前に姫路の街で私はおじ様とすれちがいました。今は天国におられるかも知れませんが「きれいな顔しとるなあ」と言ってふり向いて下さいましたね　あの時は私は21才好きな人をあきらめて、他に嫁ぐための用意をし、失意の底にいました。泣き出さんばかりの表情で日を送っている時でしたが、今は幸福に暮していますが、あの日の光景は一日も忘れた事はありませんでした。でも忘れ様(よう)と決めました。ただの身勝手な感傷にすぎないと、気が付きました。でもうれしかったですよ。あの言葉は悲しみを深めたけれど、感謝しています。さようなら

先日、初めて自分の娘の髪をドライヤーで
乾かしました。
長い髪の重さを知ったのも初めてで、
かたちの良い頭を指でなぞりながら
この先もずっとこうして髪を乾かして
あげたいと思いました。
どんないきさつで発明されたのか
知らないけど、風を生み出す装置を
つくるだなんてあなたはとても素敵な
心を持っている人だと思いました。

ひとことお礼をいいたくて手紙を
出しました。
ちいさくてやさしい風を、ありがとう。

ドライヤーを発明したあなた 様

先日、初めて自分の娘の髪をドライヤーで乾かしました。

長い髪の重さを知ったのも初めてで、かたちの良い頭を指でなぞりながらこの先もずっとこうして髪を乾かしてあげたいと思いました。

どんないきさつで発明されたのか知らないけど、風を生み出す装置をつくるだなんてあなたはとても素敵な心を持っている人だと思いました。

ひとことお礼をいいたくて手紙を出しました。

ちいさくてやさしい風を、ありがとう。

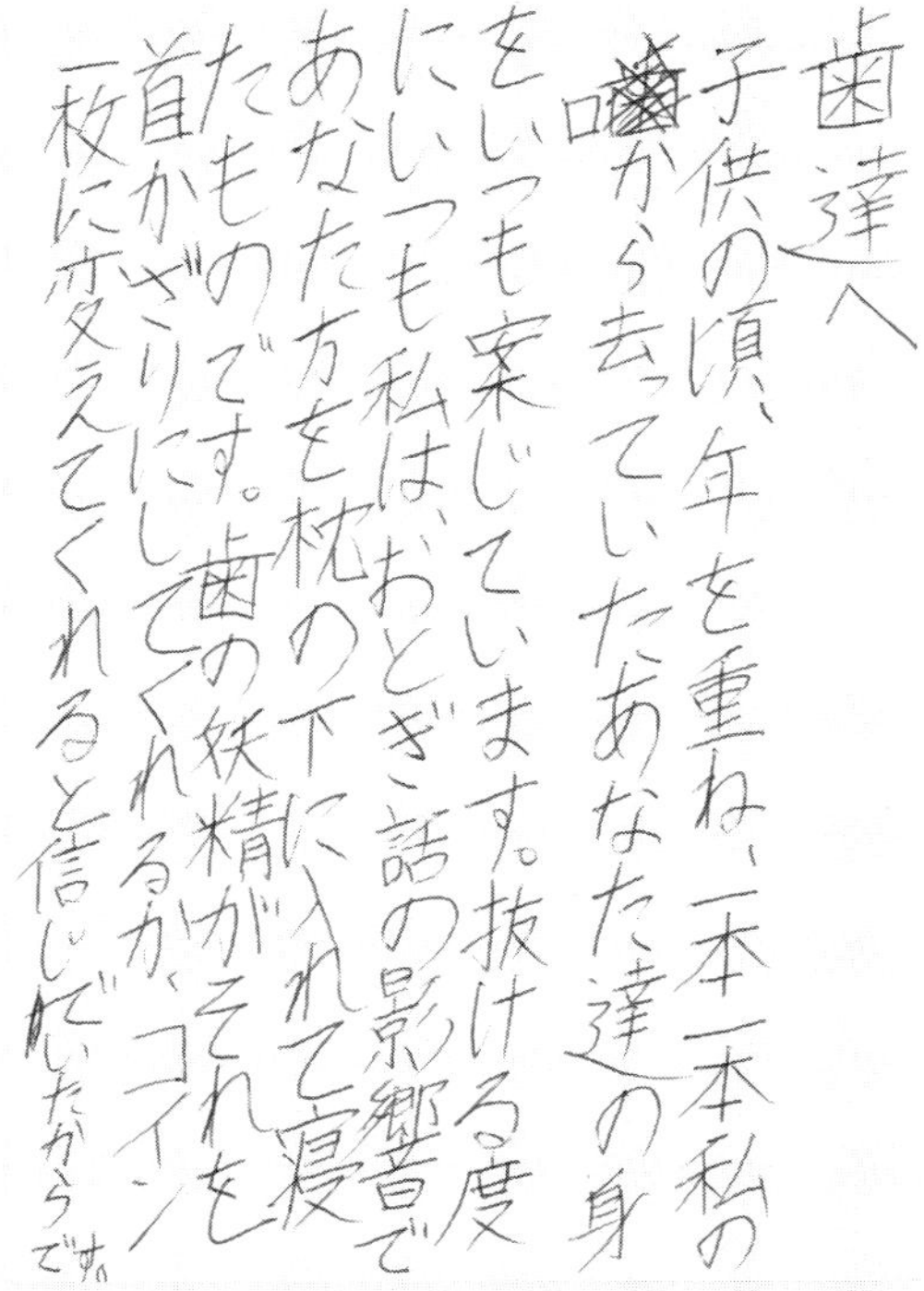
歯達へ
子供の頃、年を重ね、一本一本私の口から去っていたあなた達の身をいつも案じています。抜ける度にいつも私は、おとぎ話の影響であなた方を枕の下に入れて寝たものです。歯の妖精がそれを首かざりにしてくれるか、コイン一枚に変えてくれると信じでいたからです。

歯達へ

子供の頃、年を重ね、
一本一本私の口から
去ってい（つ）たあなた達の身を
いつも案じています。
抜ける度にいつも私は、
おとぎ話の影響であなた方を
枕の下に入れて寝たものです。
歯の妖精がそれを
首かざりにしてくれるか、
コイン一枚に変えてくれると
信じで（て）いたからです。

100年後にわたしと同じ本を借りる人へ

2114年でも、この街に図書館はありますか?貸し出しカードに書いてあるわたしの名前を見てどんなひとか想像したりしますか?私が一番好きな本はミヒャエル・エンデの「モモ」です。私は図書館で貸し出しカードの知らない人の名前を読んで想像するのが好きです。この汚い字の男の子にはきっともう子供がいるとかこの女の子は勉強ができて美人に違いないとか。

だから100年後に、この本をわたしと同じように借りてわたしの名前を見て、色んな想像をするあなたに手紙を書いてみたいと思いました。未来はどんどん便利になっていくでしょう?でも図書館の中にはずっと本が並んでいて欲しいです。貸し出しカードで、わたしの名前を見つけて、いろんな想像をして欲しい。

100年後のあなたに。

同じ本が好きだから、きっと私たち友達になれるかもしれないね。

100年後にわたしと同じ本を借りる人へ

2114年でも、この街に図書館はありますか？　貸し出しカードに書いてあるわたしの名前を見てどんなひとか想像したりしますか？　私が一番好きな本はミヒャエル・エンデの「モモ」です。私は図書館で貸し出しカードの知らない人の名前を読んで想像するのが好きです。この汚い字の男の子にはきっともう子供がいるとかこの女の子は勉強ができて美人に違いないとか。

だから100年後に、この本をわたしと同じように借りてわたしの名前を見て、色んな想像をするあなたに手紙を書いてみたいと思いました。未来はどんどん便利になっていくでしょう？　でも図書館の中にはずっと本が並んでいて欲しいです。貸し出しカードで、わたしの名前を見つけて、いろんな想像をして欲しい。

100年後のあなたに。

同じ本が好きだから、きっと私たち友達になれるかもしれないね。

昭和二十年夏の終り 予讃線で乗り合わせた 軍服姿のおにいさんへ

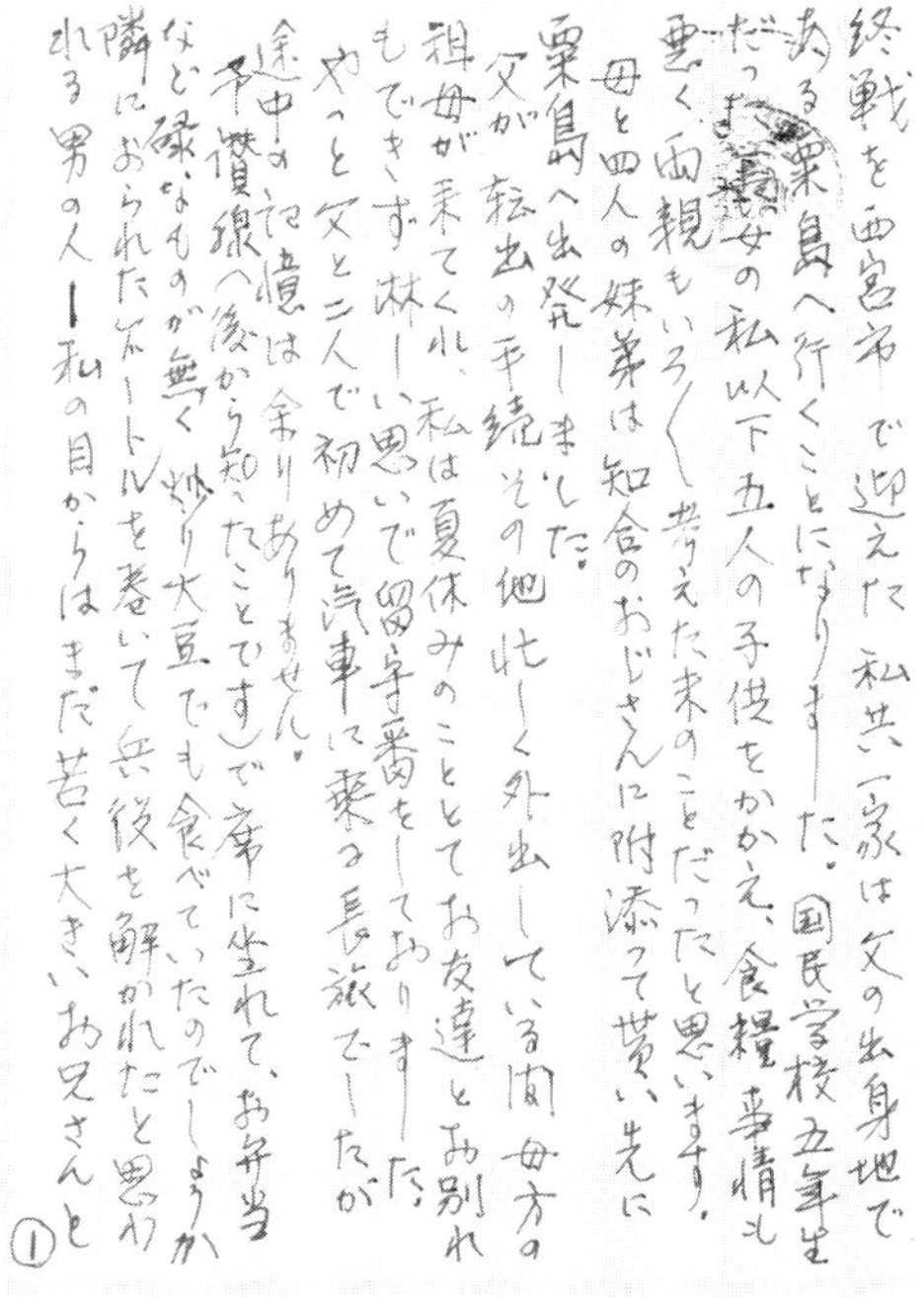

終戦を西宮市で迎えた私共一家は父の出身地である栗島へ行くことになりました。国民学校五年生だった長女の私以下五人の子供をかかえ、食糧事情も悪く両親もいろいろ考えた末のことだったと思います。

母と四人の妹弟は知合のおじさんに附添って貰い先に栗島へ出発しました。

父が転出の手続その他忙しく外出している間母方の祖母が来てくれ、私は夏休みのこととてお友達とも別れもできず淋しい思いで留守番をしておりました。

やっと父と二人で初めて汽車に乗る長旅でしたが予讃線(後から知ったことです)で席に坐れて、父と二人でお弁当などいろいろ食べるものが無く炒り大豆でも食べていたのでしょうか隣におられた軍服姿でゲートルを巻いて戦後を解かれたと思う小さい男の人—私の目からはまだ若く大きいお兄さんと

①

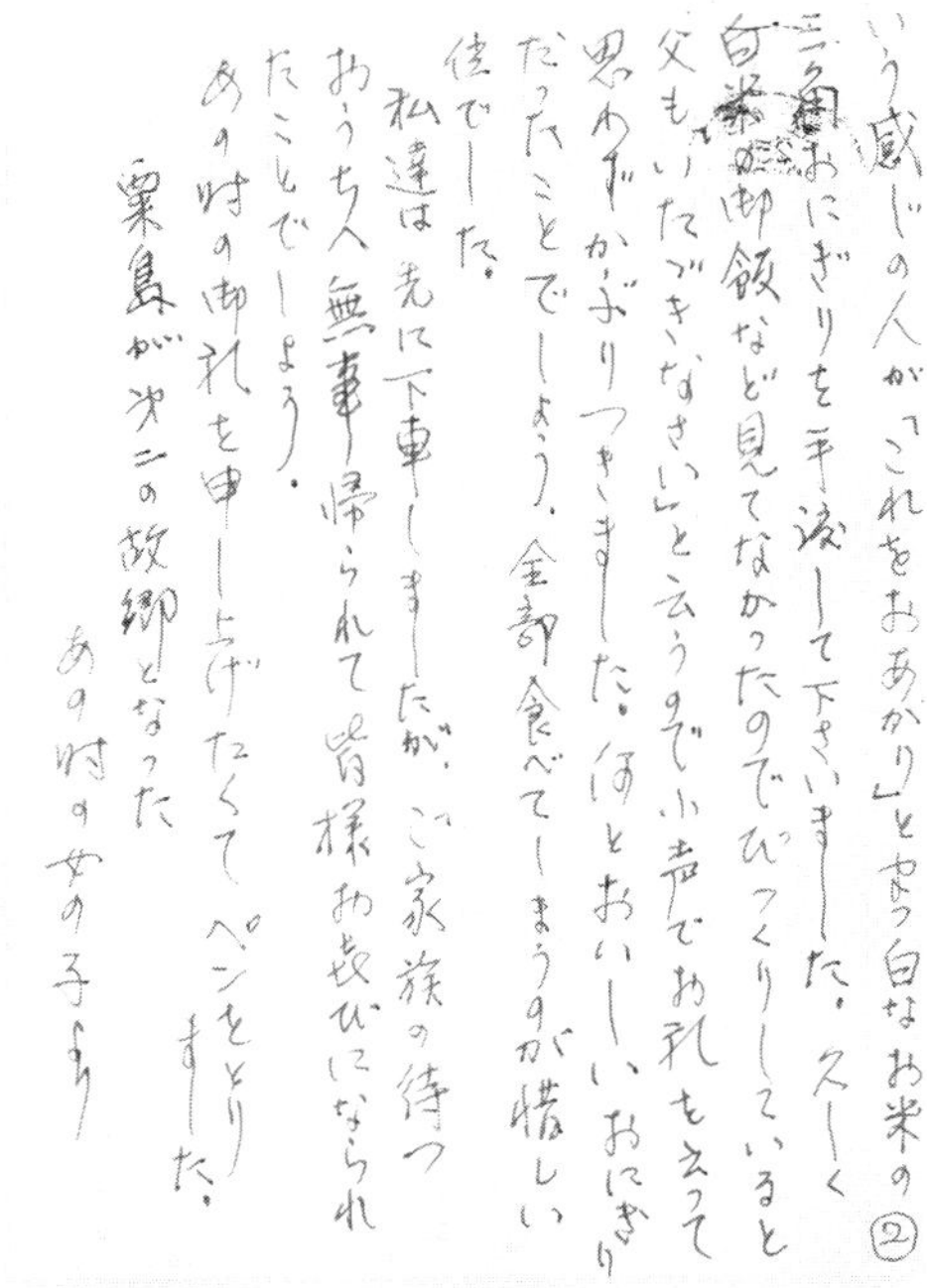
いう感じの人が「これをおあがり」とまっ白なお米の ②
三角おにぎりを手渡して下さいました。久しく
白米の御飯など見てなかったのでびっくりしていると
父も「いたゞきなさい」と云うので小声でお礼を云って
思わずかぶりつきました。何とおいしいおにぎり
だったことでしょう。全部食べてしまうのが惜しい
位でした。
私達は先に下車しましたが、ご家族の待つ
おうちへ無事帰られて皆様お喜びになられ
たことでしょう。
あの時の御礼を申し上げたくてペンをとりました。
粟島が第二の故郷となった
あの時の女の子より

大豆でも食べていたのでしょうか。隣におられたゲートルを巻いて兵役を解かれたと思われる男の人――私の目からはまだ若く大きいお兄さんという感じの人が「これをおあがり」とまっ白なお米の三角おにぎりを手渡して下さいました。久しく白米の御飯など見てなかったのでびっくりしていると父も「いたゞきなさい」と云うので小声でお礼を云って思わずかぶりつきました。何とおいしいおにぎりだったことでしょう。全部食べてしまうのが惜しい位でした。

私達は先に下車しましたが、ご家族の待つおうちへ無事帰られて皆様お喜《よろこ》びになられたことでしょう。

あの時の御礼を申し上げたくてペンをとりました。

――粟島が第二の故郷となった
あの時の女の子より

長いこと、おせわになります。
小学校五年生の時から
ずっとあなたと一緒でした。
ぼやけてにじんで大変だった。
いいものも見た
わるいものも見た
ときどきあなたを捨てたく
なった。
でも捨てなくてよかった。
今年からあなたは私の
つくえの中。おつかれさまでした。

R

わたしのめがね様

長いこと、おせわになります。
小学校五年生の時から
ずっとあなたと一緒でした。
ぼやけてにじんで大変だった。
いいものも見た
わるいものも見た
ときどきあなたを捨てたくなった。
でも捨てなくてよかった。
今年からあなたは私のつくえの中。
おつかれさまでした。

――R

Dear
元気にしてる？
約束 守れなくて ごめんね。
今でも 大好きだよ！
いつか、私の子供として
産まれて来てくれるのを
楽しみにしてるよ。
たくさんの想い出を ありがとう。
家族になってくれて ありがと！
ママより

こいびとへ

あなたのことを思うだけで胸が張り裂けそうです。みたいな言葉はまだ早すぎるのかもしれない。

これから出会うのか今そばにいるのかいつかどこかですれ違ったのか、わたしの永遠のこいびと！

でもわたしはもうすでに全身全霊の愛をあなたに注いでいます。

きっとあなたもわたしをたくさん愛してくれるのだろう。

楽しみすぎてやっぱり胸が張り裂けそうです。おやすみなさい。

こいびとへ

あなたのことを思うだけで胸が張り裂けそうです。
みたいな言葉はまだ早すぎるのかもしれない。
これから出会うのか今そばにいるのか
いつかどこかですれ違ったのか、
わたしの永遠のこいびと！
でもわたしはもうすでに全身全霊の愛を
あなたに注いでいます。
きっとあなたもわたしをたくさん愛してくれるのだろう。
楽しみすぎてやっぱり胸が張り裂けそうです。
おやすみなさい。

郵便往復はがき

769-1108

香川県三豊市詫間
粟島
漂流郵便局留
住所不明の方
天国の友達へ
世界の友
Wへ

各クラス世話人

[redacted]

当番1組　T・M ☎ [redacted]
N・H ☎ [redacted]
R・M ☎ [redacted]

M高校昭和37年卒同窓会

出席　欠席　します

氏名

（旧姓　クラス　組）

住所（〒　－　）

電話（　－　－　）

ケイタイ（　）

送迎バス乗場	利用する	しない
[redacted]駅[redacted]口		
[redacted]北口		

（該当する欄所に○印を付けて下さい）

二次会

会費 2,000円　出席　欠席　します

☆ [redacted]（ロイヤル内）に準備しております。
☆ 二次会後の送りバス（[redacted]駅北口）有ります。
☆ 準備の都合上、記入いただければ幸いです。

※ 近況や友人への伝言をどうぞ！

郵便往復はがき

[redacted]

[redacted]郡[redacted]町[redacted]駅前[redacted]

T・M 行

平成26年8月吉日

同窓生の皆様へ

M高校昭和37年卒同窓会
会長　Y・Y

M昭和37年卒同窓会のご案内

残暑の候　皆様にはお元気にお過しのこととお喜び申し上げます。

昭和37年卒の同窓会を下記のとおり開催致します。節目の年となり元気な皆さんにお会いしたいと思います。ぜひ御出席されます様御案内致します。

記

1. 日時　平成26年10月4日(土) 11時30分より
1. 場所　[redacted]ロイヤルホテル（[redacted]市[redacted]）
☎ [redacted]
1. 会費　8,000円（年会費500円含む）
1. 日程　11時30分　受付
12時00分　総会
12時30分　懇親会

※ 出欠の返信は、**8月31日(日)** 必着 願います。
※ 送迎バスを御利用下さい。　[redacted]ロイヤルシャトルバス
・[redacted]駅[redacted]口　10時30分発
・[redacted]駅 北口　11時25分発
送迎バス利用の方は出発10分前までに集合願います。

天国の友よ 当日は全員UFOで来るよう

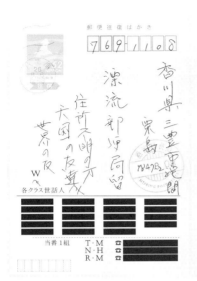

住所不明の方
天国の友達へ
世界の友
Ｗへ

天国の友よ当日は
全員ＵＦＯで来るよう

局長との交流編 ①

「漂流郵便局にいると、さまざまな人生に出会います。送ってくださったはがきを通じて、あるいは実際にお会いするなかで、わずかですが気持ちを共有でき、静かな交流が生まれるのを実感します。けれど、決して深入りはしません。私はあくまで、手紙を預かって保管し、この郵便局と皆さまの想いを見守っていくだけですから」。そう語る中田局長ですが、忘れられないやりとりがあります。

手紙の送り主は、Y・Kさん。2013年10月、瀬戸内国際芸術祭の期間中にご夫妻で漂流郵便局を訪れたのが最初でした。（取材／編集部）

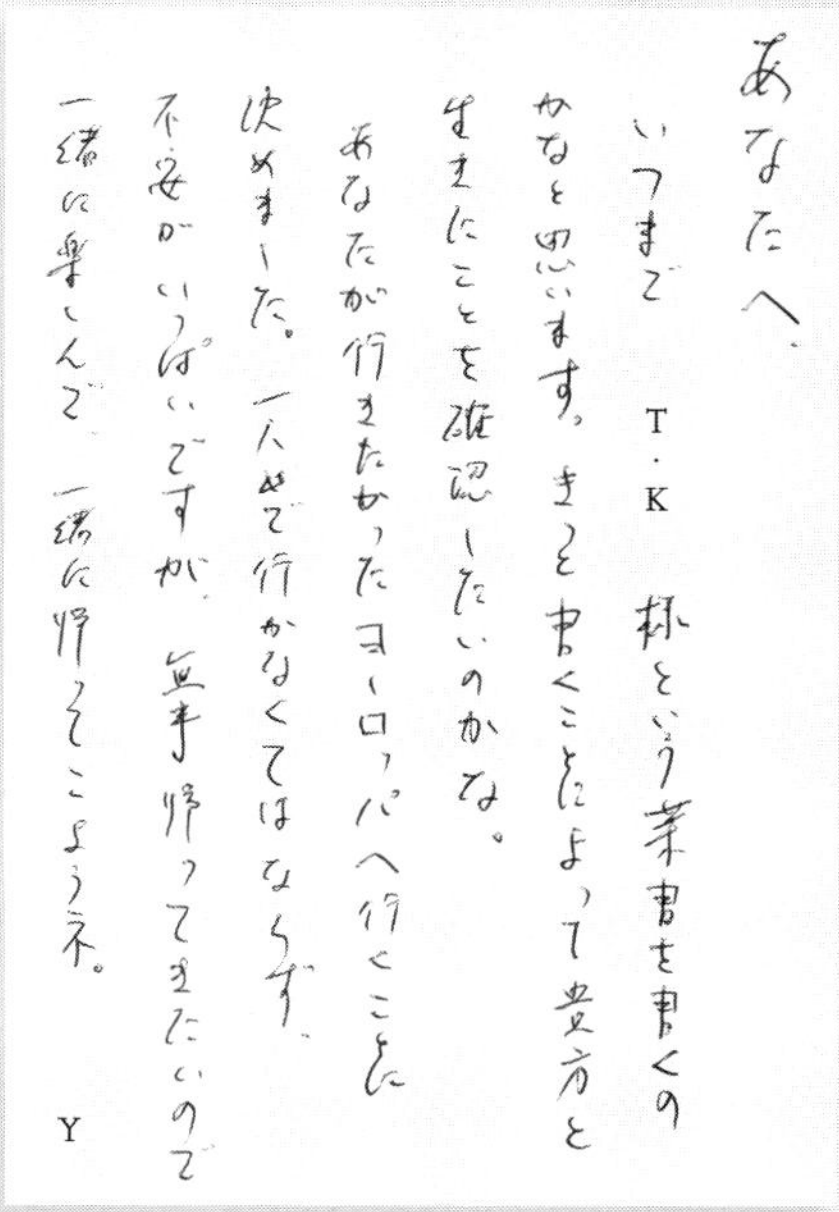
あなたへ、
いつまで T・K 様という葉書を書くのかなと思います。きっと書くことによって貴方と生きたことを確認したいのかな。
あなたが行きたかったヨーロッパへ行くことに決めました。一人で行かなくてはならず、不安がいっぱいですが、無事帰ってきたいので一緒に楽しんで一緒に帰ってこようネ。
Y

（'14年5月5日消印）

あなたへ

いつまでT・K様という葉書を書くのかなと思います。きっと書くことによって貴方と生きたことを確認したいのかな。
あなたが行きたかったヨーロッパへ行くことに決めました。一人で行かなくてはならず、不安がいっぱいですが、無事帰ってきたいので、一緒に楽しんで、一緒に帰ってこようネ。

――Y

Ｙ・Ｋさんから届いた手紙　抜粋

あなたへ
昨秋、漂流郵便局へ一緒に行きましたよネ。そのあなたが、今は、中陰で、家の中にいるとか。あっという間に駆け抜けてしまいましたが、ウソのようです。どうぞ、私達家族を見守って下さい。
（'14年2月10日消印）

あなたへ
昨日漂流していた貴方のはがきを見つけることができました。諦めかけていたのでとてもうれしかったです。
私も残り一週間で定年退職します。一緒に乾杯してもらえないのが、残念です。
（'14年3月25日消印）

あなたへ
今日は、たくさんの人と来ています。何とＮＨＫの取材ですって！　何でだろうと思うけれど、きっとあなたの人生が、珍しいのでしょう。特に、最後にあっという間に去ったことがね。何とか皆、元気で暮しています。テレビに出たら、また録画しておくね。また来ます！
（'14年5月5日消印）

あなたへ
謹啓　新緑の候ますますご健勝のこととお慶び申し上げます　　私儀
三月三十一日をもちまして四十年間勤務いたしました〇〇〇〇を定年退職いたしました　在職中は永年にわたり公私ともに格別のご芳情を賜わり誠にありがたく心から御礼申し上げます　これからは楽しみにしておりましたフルムーン計画が叶わず悔まれますが亡き夫の分まで楽しく第二の人生をスタートする所存でございますので今後とも変わらぬご厚情を賜わりますようお願い申し上げます
末筆ではございますが　皆様のご健康とご多幸をお祈り申し上げまして退職のご挨拶とさせていただきます　ありがとうございました
謹白
平成二十六年五月　Ｙ・Ｋ
無事定年退職できました。
お守りいただき
ありがとうございました。
（'14年5月5日消印）

あなたへ
ヨーロッパへ来ましたよ。これは、ヨーロッパで1番高いユングフラウヨッホの売店で絵葉書と切手を買い日本の赤いポストへ投函します。英語が好きなあなたと来たらきっと喜んでいたと思います。
しっかり見てネ！
（'14年6月13日消印）

あなたへ
Ｓの提案で、便りに番号を付けることにしました。果たして、何番まで記入が続くことでしょう！　先日は、あなたと行く予定であったベネッセハウスへ泊って

きました。インターネットで空室を探したのに、なかなかなかったですよネ。九州の友人が予約してくれて一緒に宿泊しました。とてもよかったです。あなたと泊まりたかったです。その後、叙勲の伝達式へ行きました。教育長さんから学校教育に貢献されて、ありがとうございましたと、直々に御礼を言われました。本当におめでとうございます。

('14年6月13日消印)

あなたへ

今日は、写真を二枚同封します。一枚は、風のガーデンに出てきたカンパニュラの花です。三月二二日初めて一人で訪れた日に、JR詫間駅で買いました。どうなることかと心配しましたが、無事咲きました。初めて咲いたのは、ヨーロッパ旅行中でした。もう一枚は、ツゲの庭木です。あなたが亡くなり、伸び放題でしたが、友人に依頼して、きれいになりました。安心して下さい。

('14年7月18日消印)

あなたへ

今日は、S、T、Nと一緒に訪れました。Nが、はったりよちよち歩いているのが見えますか？ 元気に大きくなっています。Sは、あなたの分まで生きるので、目標は100歳だそうです。Nの還暦も見るようです。私も頑張ります。

('14年8月23日消印)

あなたへ

もう20通目なんですネ。一昨日、京都南座へ市川海老蔵の壽三升景清を見に行ってきました。金丸座、歌舞伎座ともまた違った感じでよかったです。あなたと一緒だったら、頑張って着物で来たと思います。京都へは、何度も来ましたネ。浴衣で京の街を散策ツアーへも行きましたネ。楽しい思い出をありがとう！

今回の切手は、標高2305mの志賀高原へ行って、記念に買ったものです。あの時も夏なのに山上ではストーブをたいていましたネ。懐かしいです。

('14年9月18日消印)

あなたへ

今日は、東京の森美術館へ来ています。リー・ミンウェイとその関係展で手紙を書くことができました。森ビルの展望台は、Sと一緒にあなたも来ましたよ。本日は時計となって来ています。いいお天気です。ガーベラの花ももらったので、贈与のテーマの如く、知らない人にプレゼントします。

('14年9月26日消印)

先日、61歳の誕生日を迎えました。還暦の時は、一緒にお祝いしてくれたのに、今年からは居ないので寂しいです。このカードは、東京でたくさん買ったなかの一枚ですネ。整理をしていたらポトリと出てきたので、これを送ってほしいのかなと思い送ります。

あなたへ

昨年は、一緒に行った漂流郵便局で、今は漂流していますネ。あなたは自分の人生を生きて、先に逝ってしまいましたね。

('14年10月14日消印)

初めて夫に書いたはがきは、約束を守ってくれなかったことへの愚痴でした

「旅好きな夫の提案で、粟島に行ってみようということになりました。職場の先輩に〝漂流郵便局という面白い場所があるよ〟と教えてもらったのですが、なかなか見つからなくて。船の出発時間も迫ってきて夫は不機嫌になるし、もういいかとあきらめかけたときに見つけました。でも、混雑していて時間もなかったので、販売していたはがきを1枚だけ買って帰りました。半年前に亡くなった父に宛てて、何か書いてみようと思ったんです」

ところが3か月後、ご主人はがんが再発、帰らぬ人に。4年前にがんの手術を受けたものの抗がん剤が効き、担当医が驚くほどの回復を見せていたというご主人。一緒に粟島を訪れたときは健康そのものだったのに、とY・Kさんはいいます。

「夫が亡くなったのは1月でしたが、その年の3月、私は40年勤めた職場を定年退職することになっていました。最後まできっちりお勤めを終えたら、夫と一緒にヨーロッパを旅しようと計画していました。なのに、その約束を果たさないまま逝ってしまって…」

悲しみに暮れていたある日、片づけをしていたY・Kさんは、1枚のはがきを発見します。

「漂流郵便局を訪れた際、記念に買ったはがきでした。亡き父に書こうと思っていたのに、な

んであなたがいないの？　なんであなたに書かなくちゃいけないの？　なんで急に死んでしまったの？　悔しいやら悲しいやら、複雑な思いがこみ上げてきて、涙が止まりませんでした」

もう隣にいないという現実、突然の死に納得がいかない、はがゆい気持ち。

初めて夫に宛てて書いたはがきには、そんなやりきれない想いをぶちまけたんです、とY・Kさん。ポストに投函したものの、漂流郵便局は芸術祭の期間だけのものだし、このはがきはいったいどこへ行くんだろうと不安にもなったのだとか。そんなとき、新聞で再開局の案内を発見。はがきが本当に届いているのか確かめたくて、再び粟島を訪れたそうです。

たくさんのはがきの中から、ようやくその1枚を見つけた瞬間、「あった！」と大きな声で叫んだY・Kさんの姿を、中田局長は今も鮮明に覚えているといいます。

「うれしくて、思わず局長に話しかけたんです。『昨年、夫と一緒にここに来たんですが、ひとりで勝手に逝ってしまったんですよ。だから夫に文句を書いたはがきを送ったんです。それを探しにきました』って。そうしたら、局長が『よく来てくださいました。どうぞ力を落とさず、元気を出してください』とおっしゃって、大きくて温かな手で握手してくださったんです。その瞬間、自分の中で張りつめていたものがぷつんと切れたんでしょうね。涙がぽろぽろ出てきて、ああ私、本当によくがんばったな。明日からまた前向きにがんばろう。そう思えたんです」

その後も、ヨーロッパの旅先で書いたはがきなど、ご主人と一緒に行こうと約束していた地を訪れるたび、Y・Kさんは漂流郵便局にはがきを送り続けています。

「Y・Kさんからはがきが届くと、こちらもうれしい気持ちになるんです。ヨーロッパで一番標高の高い場所にある売店で買われたという美しい絵はがきや、訪れた展覧会の半券などを眺めることで、私まで旅をしている気分になります。それに、娘さんや息子さんと一緒にたびたび足を運んでくださるのも印象的でした」

宛先不明で戻ってくることはない。きっと夫に届いているに違いないと安心できる

漂流郵便局には、Y・Kさんのように、手紙を出すだけでなく、自らが出した手紙を探しに訪れる人も少なくないそうです。その理由はいったい、なんなのでしょうか。

「私の場合は、まず、はがきや手紙を書くことで自分の気持ちを整理整頓しているんだと思います。突然この世を去ってしまった夫にいいたいことは山ほどあるけれど、それをぶつける場所なんてどこにもないでしょう？　でもこの漂流郵便局は、そんな想いを預かってくれる。宛先不明で戻ってくることはないんです。だからきっと、夫に届いているに違いないと安心できるんです。それから、送った手紙を再び読みにここに来るのは、その手紙を書いたときの気持

ちを再確認したいから。そして、そのときと比べて、一歩でも二歩でも自分自身が前へ進めているかどうか、確かめたいからだと思います」

漂流郵便局を訪れるたび、懐かしい気持ちになると同時に時間の流れを感じる、とY・Kさん。

「どんなにつらくても時間は流れていきます。だって私たち、生きているんですものね。先日、自分が書いた手紙を読み返しながら、気づいたことがありました。私、20通目ではじめて、夫に〝楽しい思い出をありがとう〟って書けたんです。それまではね、どこへ行っても何をしても、〝なんで先に逝ったの？〟〝一緒に行くって約束したのに〟〝やってられない、いいかげんにしてよ〟って、愚痴ばかりが先に立ってしまっていました。でも、こうやって自分の想いを正直に綴ってそれを再確認することで、自分でも気づかないうちに少しずつ前進していたんですね」

はがきの文面が、愚痴からいつしか報告や感謝へと変わっていったとY・Kさんはいいます。

「今は、今日はこんなところへ来ました、こんなことがありましたよと、隣にいる夫に話しかけるような気持ちで書けるようになりました。夫と一緒にしたかったことをして、行きたかった場所に行く。ふたり一緒じゃないのは残念だけれど、そのとき感じたことや想いを預ける場所があるのは本当に救いです。こんな機会をつくってくださった久保田さん、中田局長に心から感謝しています」

いつかまた
お逢いしましょう。
楽しい話を一杯提げて
幸せ一杯胸に抱いて
未来のあなたへ、
とても大切な未来のあなたへ
大好きな私より。

未来のあなた 様へ
幸運な私から

いつかまたお逢（い）しましょう。
楽しい話を一杯提げて
幸せ一杯胸に抱いて
未来のあなたへ。
とても大切な未来のあなたへ

——大好きな私より

消えてしまった楽器たちへ。

大人になって、いつのまにか私の生活からいなくなってしまった楽器たちを思い出し、今こうして手紙を書いています。実家にあった大きなピアノ。吹奏楽部で吹いていたぴかぴかのフルート。蛇腹のアコーディオン、ピアニカ、トライアングル。まだこの世界のどこかに残っているなら、どうかまた、誰かと一緒に、たのしい思い出を作ってあげてください。音楽から遠くはなれ、毎日遅くまで仕事をこなし ただただ慌ただしく過ごす日々の中でふと甦ってくることがあります。たとえうまくなくても、プロなんか目指さなくても、楽器と共に過ごす時間はかけがえのない時間だったのだと。たくさんの思い出を残してくれてありがとう。もし私に子供ができたなら その楽しさ、素晴らしさを一緒に経験したい。またいつの日か、出会えることを楽しみにしています。

消えてしまった楽器たちへ。

大人になって、いつのまにか私の生活からいなくなってしまった楽器たちを思い出し、今こうして手紙を書いています。実家にあった大きなピアノ。吹奏楽部で吹いていたぴかぴかのフルート。蛇腹のアコーディオン、ピアニカ、トライアングル。まだこの世界のどこかに残っているなら、どうかまた、誰かと一緒に、たのしい思い出を作ってあげてください。音楽から遠くはなれ、毎日遅くまで仕事をこなし　ただただ慌ただしく過ごす日々の中でふと甦ってくることがあります。たとえうまくなくても、プロなんか目指さなくても、楽器と共に過ごす時間は、かけがえのない時間だったのだと。たくさんの思い出を残してくれてありがとう。もし私に子供ができたならその楽しさ、素晴らしさを一緒に経験したい。またいつの日か、出会えることを楽しみにしています。

飲酒中の私へ

楽しいのは分かりますが、
人の話も聞いてください。
友達の大切なサイン 見のがさないように。

大胆なのはいいですが、
何でも正直に話せばよいわけではありません。
普段からその気《ケ》はあるんだから、飲んだら尚更。

無理かもしれないですけど、
飲みすぎた翌日のこと、少しは想像してください。

ちょっと迷惑かもしれないけど
周りの人全てが愛しくなる懐の深さを、
たまに少し分けてほしいです。

あなたが昨日 うまくストレスを発散してくれた
おかげで、今日もがんばれそうです。
まあ、なんにせよ、ほどほどにするように。

飲酒中の私へ

楽しいのは分かりますが、
人の話も聞いてください。
友達の大切なサイン見のがさないように。
大胆なのはいいですが、
何でも正直に話せばよいわけではありません。
普段からその気はあるんだから、飲んだら尚更。
無理かもしれないですけど、
飲みすぎた翌日のこと、少しは想像してください。
ちょっと迷惑かもしれないけど
周りの人全てが愛しくなる懐の深さを、
たまに少し分けてほしいです。
あなたが昨日うまくストレスを発散してくれた
おかげで、今日もがんばれそうです。
まあ、なんにせよ、ほどほどにするように。

騒がしい街にそぐわないあの古い家へ

庭には怪物みたいなアロエとローリエ。猫ほど大きい鼠が住む台所。夏は熱く冬は氷のように冷たいツヤツヤの木の床。ギイギイ揺れるハンモック。ピンクの塗り壁に銀色のバスタブ、調子が良くないガス炊きのお風呂。建付の悪い扉たちの音。砂嵐ばかりの赤いブラウン管テレビ。

扱いにくくて、暮らしにくくて、恋しくてたまらないわたしたちのあのお家。いつか　あの家でもう一度目が覚めたら、1回一体何をしよう。

わたしが最後に眠るのは、あの家がいいな。

騒がしい街にそぐわないあの古い家へ

庭には怪物みたいなアロエとローリエ。猫ほど大きい鼠が住む台所。夏は熱く冬は氷のように冷たいツヤツヤの木の床。ギィギィ揺れるハンモック。ピンクの塗り壁に銀色のバスタブ、調子が良くないガス炊きのお風呂。建付の悪い扉たちの音。砂嵐ばかりの赤いブラウン管テレビ。扱いにくくて、暮らしにくくて、恋しくてたまらないわたしたちのあのお家。いつかあの家でもう一度目が覚めたら、1日一体何をしよう。

わたしが最後に眠るのは、あの家がいいな。

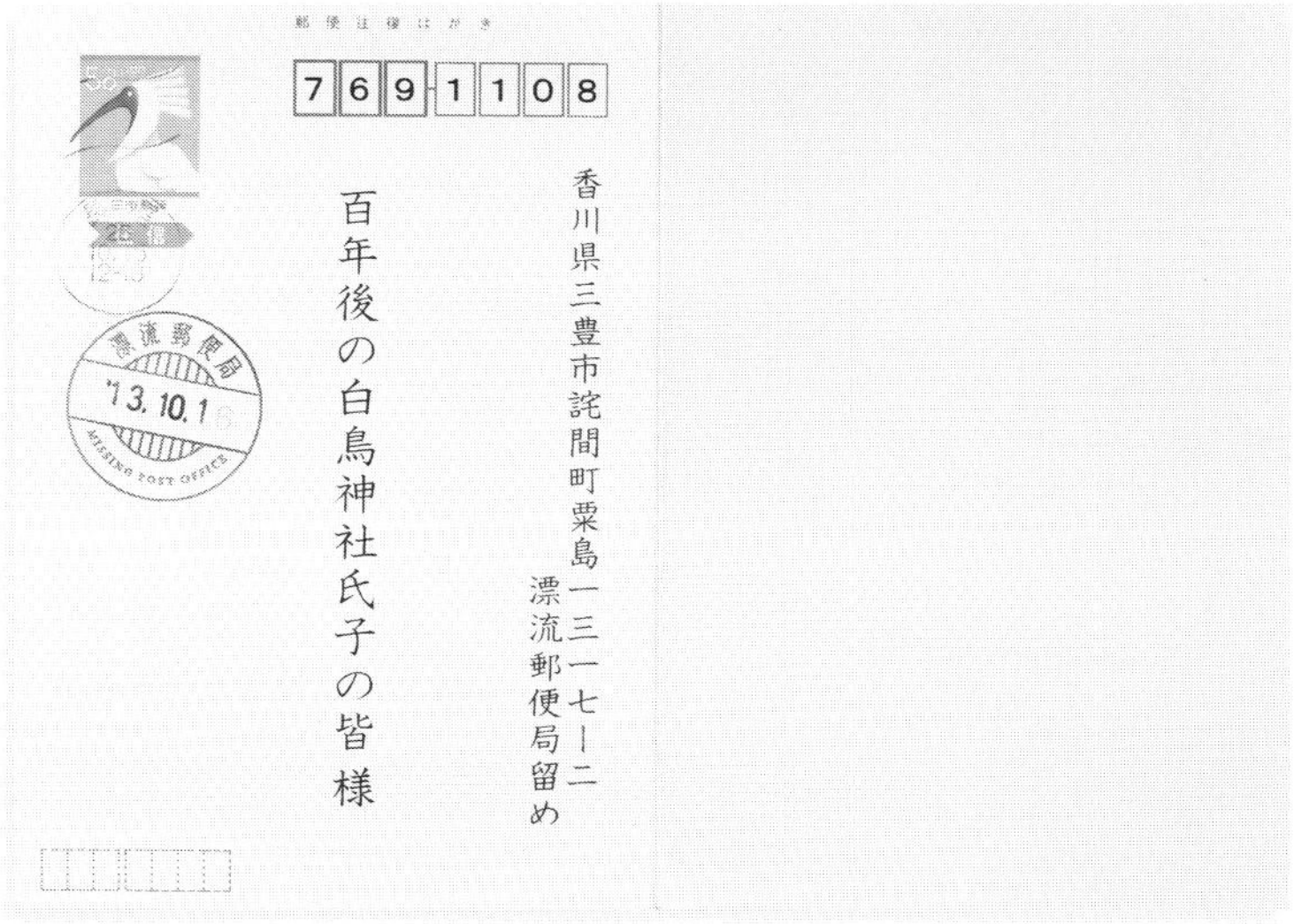
郵便往復はがき

769-1108

香川県三豊市詫間町粟島一三一七ー二
漂流郵便局留め

百年後の白鳥神社氏子の皆様

漂流郵便局
'13.10.16
MISSING POST OFFICE

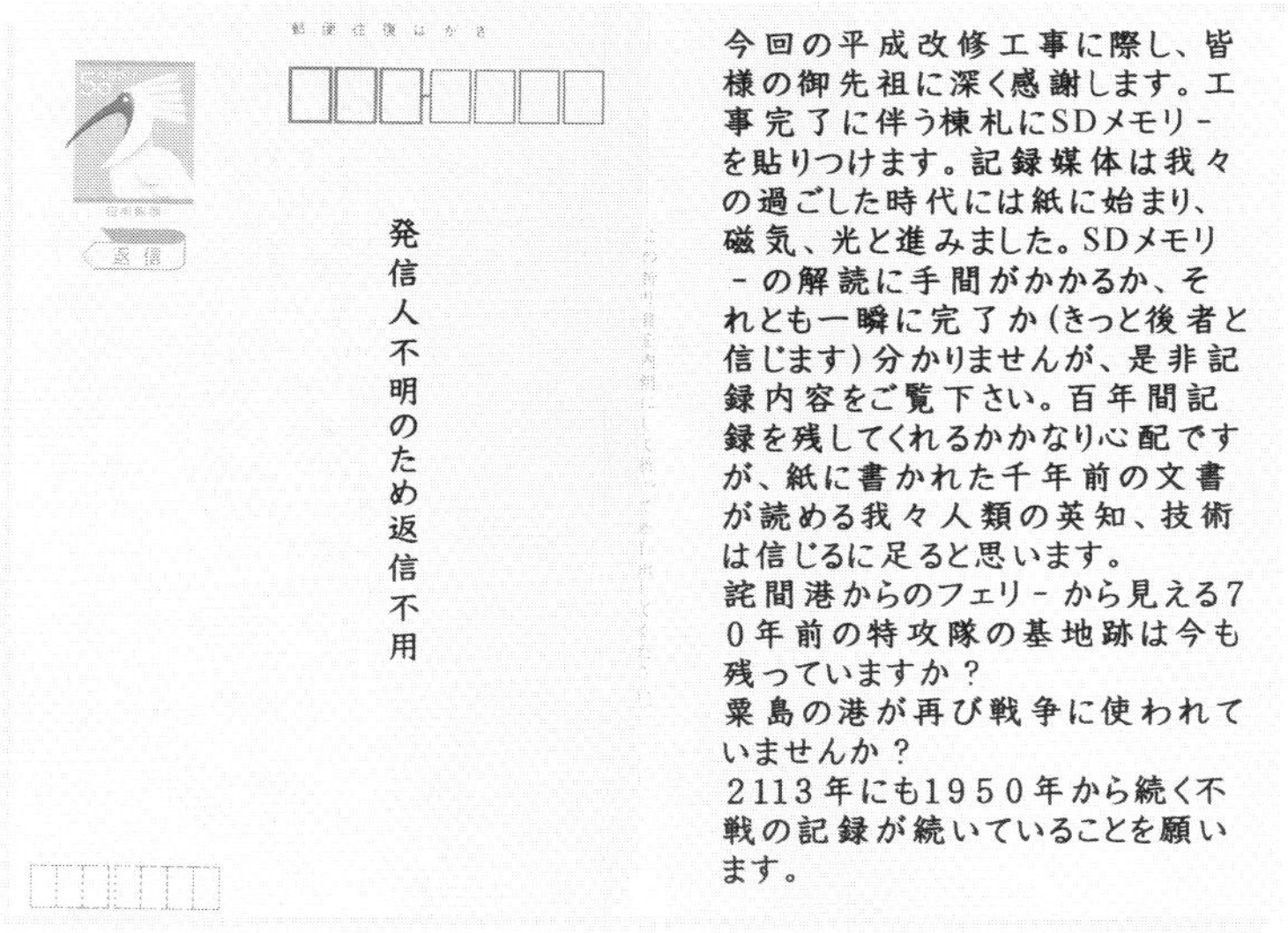
郵便往復はがき

返信

発信人不明のため返信不用

今回の平成改修工事に際し、皆様の御先祖に深く感謝します。工事完了に伴う棟札にSDメモリーを貼りつけます。記録媒体は我々の過ごした時代には紙に始まり、磁気、光と進みました。SDメモリーの解読に手間がかかるか、それとも一瞬に完了か（きっと後者と信じます）分かりませんが、是非記録内容をご覧下さい。百年間記録を残してくれるかかなり心配ですが、紙に書かれた千年前の文書が読める我々人類の英知、技術は信じるに足ると思います。

詫間港からのフェリーから見える70年前の特攻隊の基地跡は今も残っていますか？

粟島の港が再び戦争に使われていませんか？

2113年にも1950年から続く不戦の記録が続いていることを願います。

百年後の白鳥神社氏子の皆様

今回の平成改修工事に際し、皆様の御先祖に深く感謝します。工事完了に伴う棟札にSDメモリーを貼りつけます。記録媒体は我々の過ごした時代には紙に始まり、磁気、光と進みました。SDメモリーの解読に手間がかかるか、それとも一瞬に完了か（きっと後者と信じます）分かりませんが、是非記録内容をご覧下さい。百年間記録を残してくれるかかなり心配ですが、紙に書かれた千年前の文書が読める我々人類の英知、技術は信じるに足ると思います。詫間港からのフェリーから見える70年前の特攻隊の基地跡は今も残っていますか？

粟島の港が再び戦争に使われていませんか？

2113年にも1950年から続く不戦の記録が続いていることを願います。

あの頃の僕へ

前略。お元気ですか。僕は元気でやっています。

18才の次は19才。19才の次は18才。
そんなふうに思っていた君はびっくりするかもしれない。
僕はもうすぐ30才になるよ。

普通の大人にはなれなかったけど。
誰にでも出来ることが上手く出来ないけど。
永遠だとか愛とかはまだよくわからないけれども。

僕は僕で僕なりに、僕をやっています。

君にはこれから色々なことがあると思う。その度に君は考えこんでしまうと思う。それが僕らの悪い癖だから。でも大丈夫だよ。君が思うほどそれはたいした問題じゃないんだ。たいした問題じゃないのにたいした問題と思ってしまうこともたいした問題じゃないんだ。

死はたぶん、雨の日のタクシー乗り場みたいなもので割り込むやつはろくなもんじゃないよ。だから僕らは歩いていかなくちゃいけない。たとえ靴下がびっちゃびちゃだとしてもね。

がんばって下さい。君に追いつかれないように僕もがんばるから。ではでは。

追伸：女の子に好かれないのは仕方のないこと。僕はもう慣れたよ。40才とか50才の僕に期待しよう。その頃にはきっと、靴下も乾いているだろうから。

かしこ。

あの頃の僕へ

前略。お元気ですか。僕は元気でやっています。
18才の次は19才。19才の次は18才。
そんなふうに思っていた君はびっくりするかもしれない。
僕はもうすぐ30才になるよ。
普通の大人にはなれなかったけど。
誰にでも出来ることが上手く出来ないけど。
永遠だとか愛とかはまだよくわからないけれども。
僕は僕で僕なりに、僕をやっています。
君にはこれから色々なことがあると思う。
その度に君は考えこんでしまうと思う。
それが僕らの悪い癖だから。でも大丈夫だよ。
君が思うほどそれはたいした問題じゃないんだ。
たいした問題じゃないのにたいした問題と
思ってしまうこともたいした問題じゃないんだ。
死はたぶん、雨の日のタクシー乗り場みたいなもので
割り込むやつはろくなもんじゃないよ。
だから僕らは歩いていかなくちゃいけない。
たとえ靴下がびっちゃびちゃだとしてもね。
がんばって下さい。君に追いつかれないように
僕もがんばるから。ではでは。

追伸：女の子に好かれないのは仕方のないこと。僕はもう
慣れたよ。40才とか50才の僕に期待しよう。その頃には
きっと、靴下も乾いているだろうから。

かしこ。

2024年のSくんへ

凍りつく雪の日にSくんは生まれました。

ガラス越しに見たあなたは赤い顔をして元気に泣いていました。 Sくんとの思い出は書ききれないほどあります。 押入れのかくれんぼ、水害の一輪車、ゴーカートのモデル、[redacted]町の海釣り、能登一周、京都旅行。

勉強は得手ではなかったが、方向感覚にすぐれ、記憶力は抜群でした。誕生日には忘れずに家族みんなにお祝の電話をかけてくれました。

25才になったSくんは、どこで何をしているのでしょう。こうだったらいい、ああなってたら嬉しい、ついつい欲張りな想像をしてしまいます。

でも、頑張り屋で優しいSくんなら、なんだっていいと思います。

10年後、おじいちゃんは82才、残念ながらこの世にいるかどうかわかりません。 その時まで誕生日を覚えていたら、おじいちゃんのことをちょっぴり思い出して下さい。

2014年5月
三条のおじいちゃん

２０２４年のＳくんへ

凍りつく雪の日にＳくんは生まれました。

ガラス越しに見たあなたは赤い顔をして元気に泣いていました。Ｓくんとの思い出は書ききれないほどあります。押入れのかくれんぼ、水害の一輪車、ゴーカートのモデル、[redacted]町の海釣り、能登一周、京都旅行。

勉強は得手ではなかったが、方向感覚にすぐれ、記憶力は抜群でした。誕生日には忘れずに家族みんなにお祝（い）の電話をかけてくれました。

25才になったＳくんは、どこで何をしているのでしょう。こうだったらいい、ああなってたら嬉しい、ついつい欲張りな想像をしてしまいます。でも、頑張り屋で優しいＳくんなら、なんだっていいと思います。

10年後、おじいちゃんは82才、残念ながらこの世にいるかどうかわかりません。その時まで誕生日を覚えていたら、おじいちゃんのことをちょっぴり思い出して下さい。

２０１４年５月　——三条のおじいちゃん

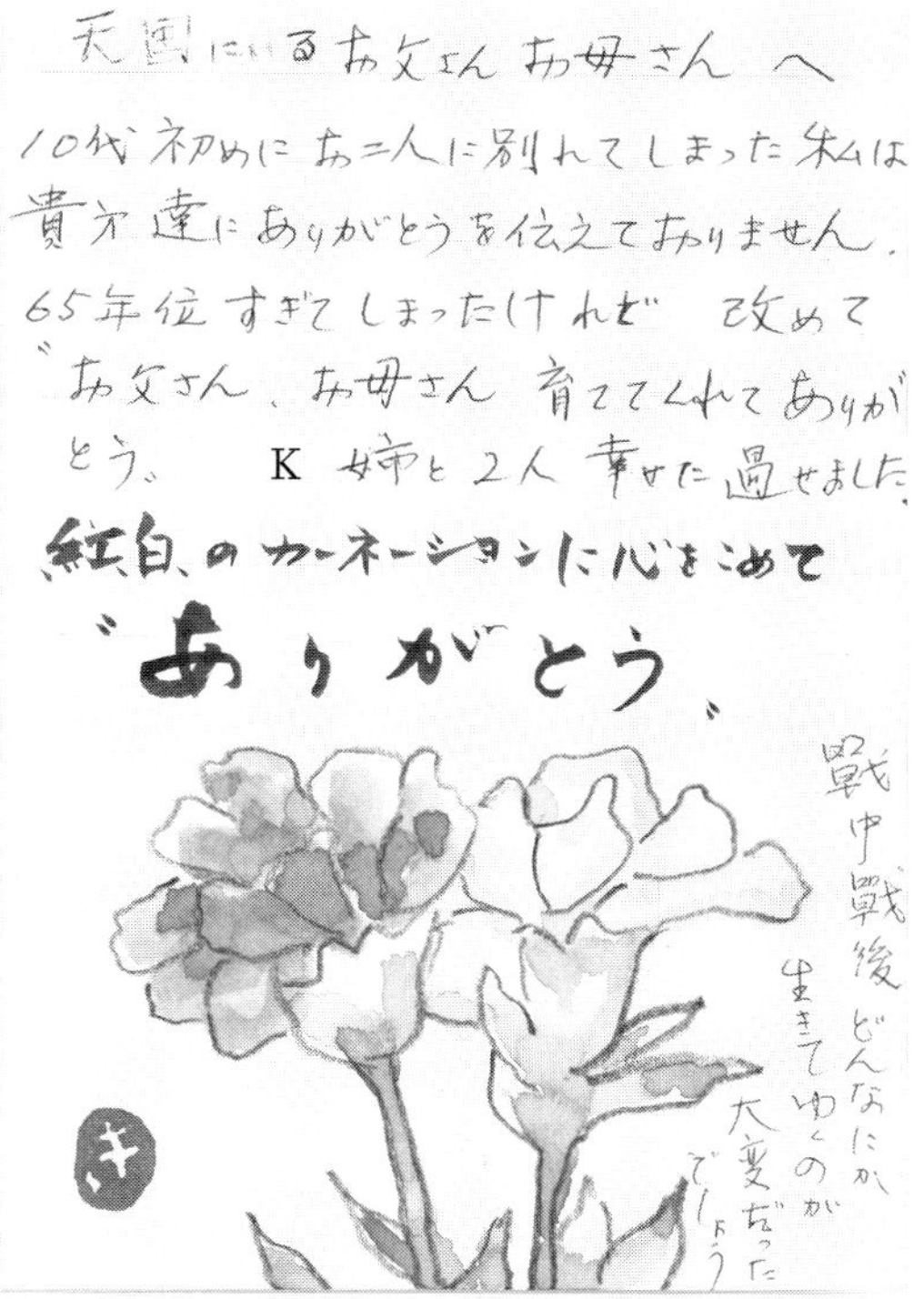

天国にいる
お父さんお母さんへ

10代初めにお二人に
別れてしまった私は貴方達に
ありがとうを伝えておりません。
65年位すぎてしまったけれど
改めて
〝お父さん、お母さん
育ててくれてありがとう〟
K姉と2人幸せに過(ご)せました。
紅白のカーネーションに
心をこめて
〝ありがとう〟
戦中、戦後どんなにか
生きてゆくのが
大変だったでしょう。

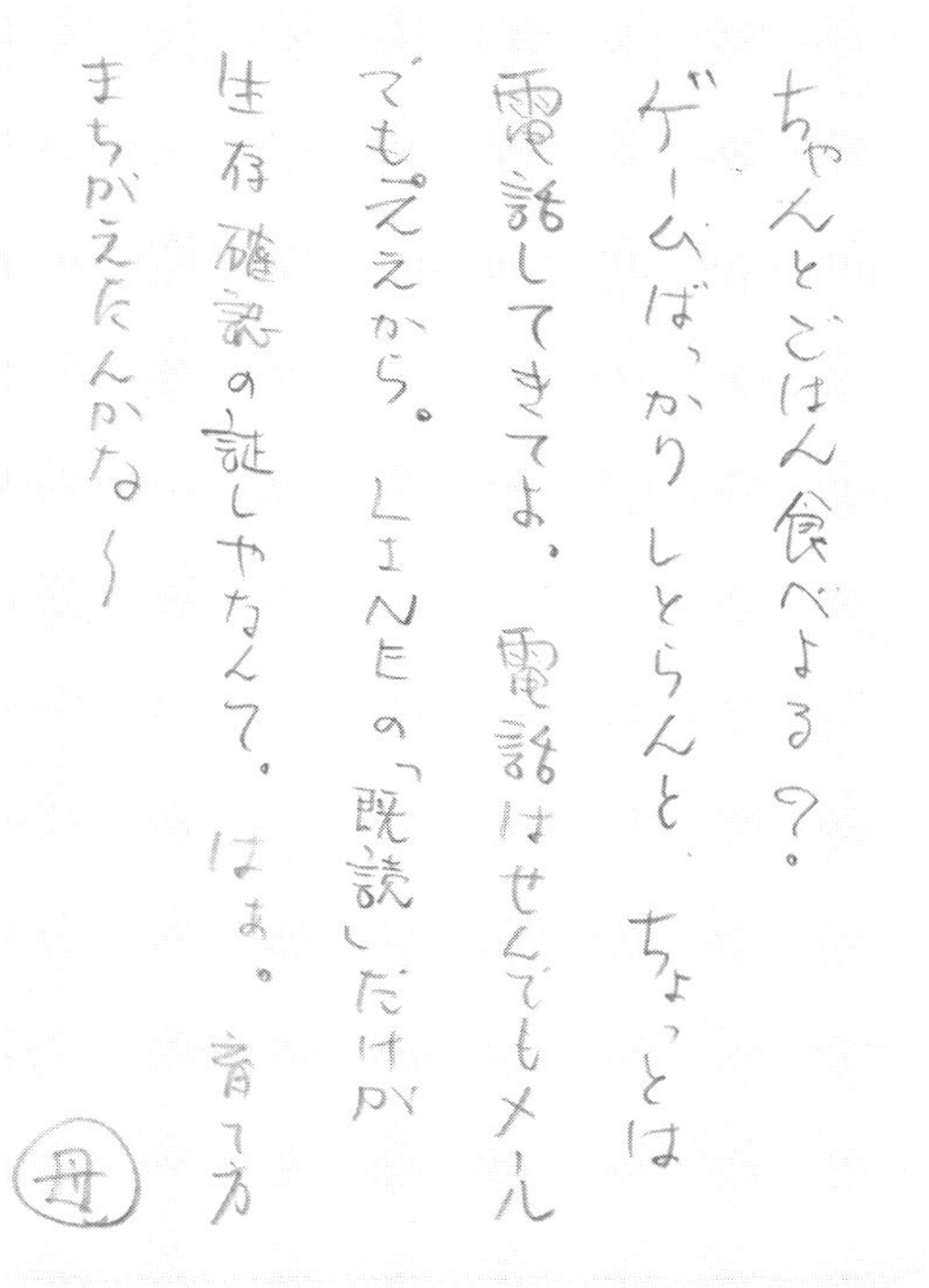
ちゃんとごはん食べよる？
ゲームばっかりしとらんと、ちょっとは
電話してきてよ。電話はせんでもメール
でもええから。LINEの「既読」だけが
生存確認の証しやなんて。はぁ。育て方
まちがえたんかな～
母

息子様

ちゃんとごはん食べよる？
ゲームばっかりしとらんと、
ちょっとは電話してきてよ。
電話はせんでもメール
でもええから。
LINEの「既読」だけが
生存確認の証しやなんて。
はぁ。育て方
まちがえたんかな～

——母

バン、お前は僕が小さい時から祖父母の家にいた
白犬だったね。
僕がよく祖父母の変わりに散歩をしてあげた事も
あったけど覚えてる?。広場に行った時もバンはよく
走り回って、僕が石を投げたらその石を追いかけて、
その石で背中をこすってるお前がおもしろく、僕に懐
いてくれているお前が好きでした。バン、お前はもう
この世には居ないけど、僕にとってお前は大切な犬だ
ったし、もう一人のおばあちゃんでもあったよ、

祖父母の愛犬バン 様

バン、お前は僕が小さい時から祖父母の家にいた白犬だったね。

僕がよく祖父母の変（代）わりに散歩をしてあげた事もあったけど覚えてる？ 広場に行った時もバンはよく走り回って、僕が石を投げたらその石を追いかけて、その石で背中をこすってるお前がおもしろく、僕に懐いてくれているお前が好きでした。バン、お前はもうこの世には居ないけど、僕にとってお前は大切な犬だったし、もう一人のおばあちゃんでもあったよ。

もうすぐ手に入れるカメラへ

たくさんたくさん仕事してお金を貯めて
もうすぐわたしの元へやってくるあなたへ。
1年越しの恋が叶うような
舞い上がる気分です。

あなたへの約束がしたくて
未来への約束がしたくて
この漂流郵便局へ手紙を出してみました。

30歳までにフリーになって
ふたりでお金かせいで
色んな国へでかけよう
その場所でしか見れない空を
いっぱいあなたと吸い込んで
大好きなあのひとの写真も
大切な家族の写真も
たくさんたくさん撮ろう。

つらくても途中で夢を諦めないように。
胸を張って誇れる写真が一枚でも撮れるように。
あなたが来るのを待っています。

もうすぐ手に入れるカメラへ

たくさんたくさん仕事してお金を貯めて
もうすぐわたしの元へやってくるあなたへ。
1年越しの恋が叶うような舞い上がる気分です。
あなたへの約束がしたくて
未来への約束がしたくて
この漂流郵便局へ手紙を出してみました。
30歳までにフリーになって
ふたりでお金かせいで
色んな国へでかけよう
その場所でしか見（ら）れない空を
いっぱいあなたと吸い込んで
大好きなあのひとの写真も
大切な家族の写真も
たくさんたくさん撮ろう。
つらくても途中で夢を諦めないように。
胸を張って誇れる写真が一枚でも撮れるように。
あなたが来るのを待っています。

こんにちは。
あの日船から見えたあなたは
クジラだったのでしょうか？
大きな灰色のつるつるの肌が
何度も　何度も　夢に出ます
海の下の、大きなあなたを
想像すると、いつも心がスッと
するのです。
いつかまた　どこかで。

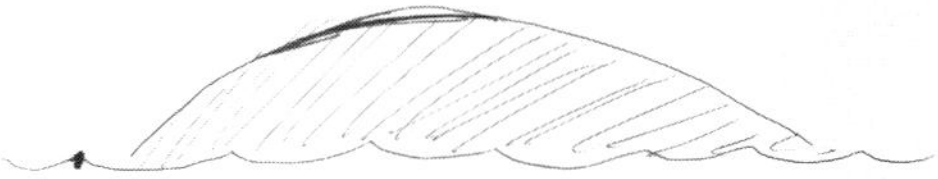

あの日のクジラ？様

こんにちは。
あの日船から見えたあなたは
クジラだったのでしょうか？
大きな灰色のつるつるの肌が
何度も何度も夢に出ます
海の下の、
大きなあなたを想像すると、
いつも心がスッとするのです。
いつかまた　どこかで。

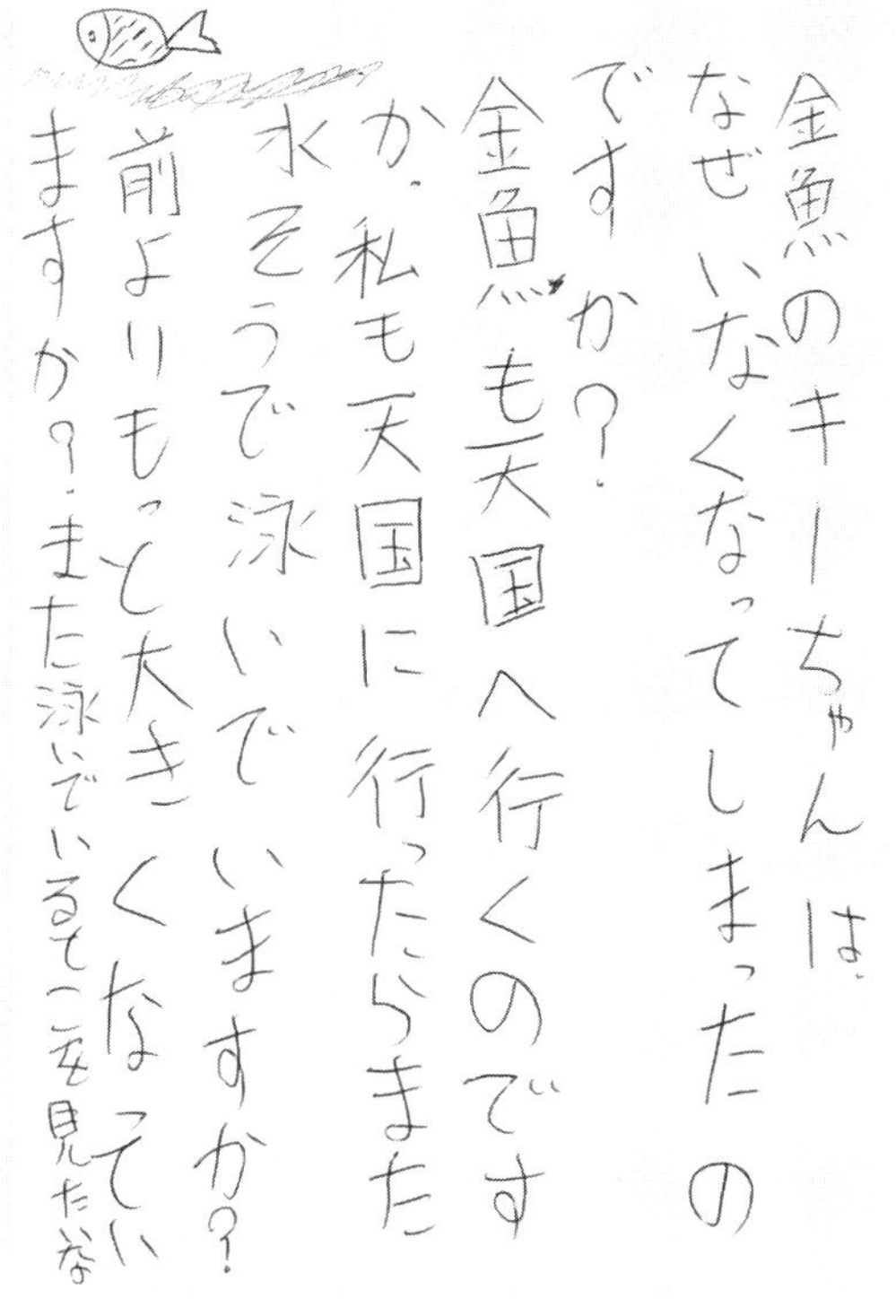
金魚のキーちゃんは、
なぜいなくなってしまったの
ですか？
金魚も天国へ行くのです
か。私も天国に行ったらまた
水そうで泳いでいますか？
前よりもっと大きくなってい
ますか？また泳いでいるとこを見たな

家の金魚へ

金魚のキーちゃんは、
なぜいなくなって
しまったのですか？
金魚も天国へ行くのですか。
私も天国に行ったら
また水そうで泳いでいますか？
前よりもっと
大きくなっていますか？
また泳いでいるとこを見たいな

粟島 漂流郵便局 局員様

先日、郵便局を訪れた者です。

素敵な郵便局を開いて下さって有難うございます。

縁もゆかりも無かった粟島に自分が辿り着き、今まで考える機会の無かった「不在」への気持ちを手紙にして書いてみることで、今までに気づかなかった自分の気持ちがひとつ見つかりました。私と同じように、この島に辿り着いた人々や、寄せ集められた様々な漂流する気持ちを眺めて、自分も何か大きな波の中の一つのように感じました。今は島を離れましたが、望むことならまた誰かの何かへの気持ちや、私のような誰かにまた会えたらと思います。局員様がもしこの先も郵便局を続けるのであれば、どうぞ宜しくお願い致します。

栗島　漂流郵便局　局員様

先日、郵便局を訪れた者です。

素敵な郵便局を開いて下さって有難うございます。

緑（縁）もゆかりも無かった栗島に自分が辿り着き、今まで考える機会の無かった「不在」への気持ちを手紙にして書いてみることで、今までに気づかなかった自分の気持ちがひとつ見つかりました。私と同じように、この島に辿り着いた人々や、寄せ集められた様々な漂流する気持ちを眺めて、自分も何か大きな波の中の一つのように感じました。今は島を離れましたが、望むことならまた誰かの何かへの気持ちや、私のような誰かにまた会えたらと思います。局員様がもし、この先も郵便局を続けるのであれば、どうぞ宜しくお願い至（致）します。

I ちゃん
同窓会名簿で、あなたが住所不明とのこと。
はにかみ屋さんのあなたのことだから、
変更届を出しそびれているのでしょう。
大学一年のあの日、夕闇迫る中、薬学棟
から　N　駅までの道を、私たちは偶然
肩を並べて歩きました。
「ピンクレディーの今度の新曲は、地球の男に
もう飽きたっていうんだって。」
おそらく地球の男とも付き合ったことのない
私たち、この話題で盛り上がりましたね。
大学時代の思い出は私の宝物です。
今でも、仕事で悩むと、クラスメイトの顔を
ひとりずつ思いうかべます。出席順に
「Aちゃん、I ちゃん、I ちゃん……」と。
あなたも今、どこかで働いていますよね。
私と同じ職業で…　　Y・O

Iちゃん

同窓会名簿で、あなたが住所不明とのこと。
はにかみ屋さんのあなたのことだから、
変更届を出しそびれているのでしょう。
大学一年のあの日、夕闇迫る中、
薬学棟からN駅までの道を、私たちは隅（偶）然、
肩を並べて歩きました。
「ピンクレディーの今度の新曲は、
地球の男にもう飽きたっていうんだって。」
おそらく地球の男とも付き合ったことのない私たち、
この話題で盛り上がりましたね。
大学時代の思い出は私の宝物です。
今でも、仕事で悩むと、クラスメイトの顔を
ひとりずつ思いうかべます。
出席順に「Aちゃん、Iちゃん、Iちゃん…」と。
あなたも今、どこかで働いていますよね。
私と同じ職業で…

―Y・O

局長との交流編②

「亡くなったんはほんまに悲しいことだけれどね、これだけ思ってもらえたら、浩太くんもきっとあの世で喜んでると思います」

２０１４年６月に最初の１通が届いてから、半年で計45通。几帳面な筆跡と〝浩太〟という名前を見つけるたび、消印を押す手が思わず止まってしまうと中田局長はいいます。

「どこへ行っても何を見ても、見るもの、聞くことすべてが浩太くんに重なってしまう。そんなお父さんの気持ちが痛いほど伝わってきて…。とても印象に残っているんです」

はがきの差出人は、大阪に住む大西さん。最愛の息子、浩太くんを11歳で亡くされてから、19年が経ちます。

（取材／編集部）

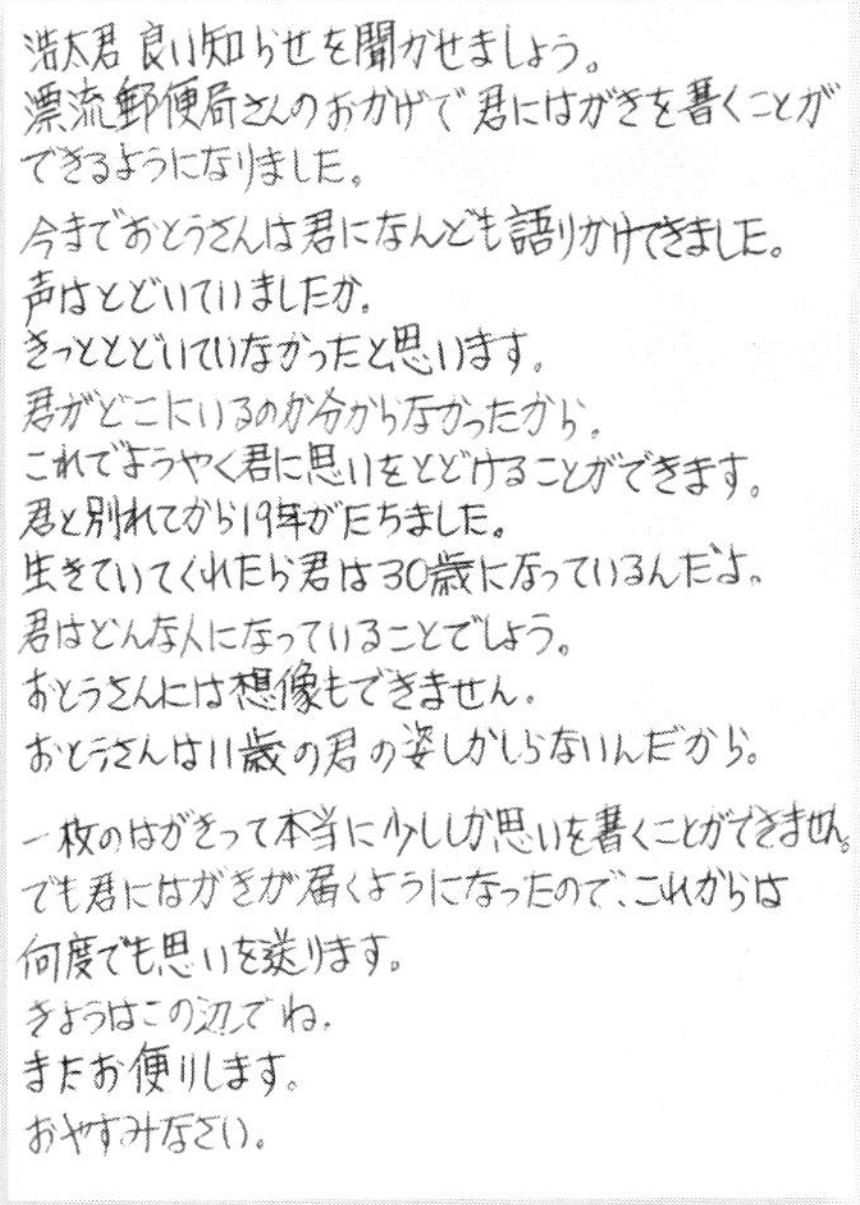
浩太君 良い知らせを聞かせましょう。
漂流郵便局さんのおかげで君にはがきを書くことが
できるようになりました。
今までおとうさんは君になんども語りかけてきました。
声はとどいていましたか。
きっととどいていなかったと思います。
君がどこにいるのか分からなかったから。
これでようやく君に思いをとどけることができます。
君と別れてから19年がたちました。
生きていてくれたら君は30歳になっているんだよ。
君はどんな人になっていることでしょう。
おとうさんには想像もできません。
おとうさんは11歳の君の姿しかしらないんだから。

一枚のはがきって本当に少ししか思いを書くことができません。
でも君にはがきが届くようになったので、これからは
何度でも思いを送ります。
きょうはこの辺でね。
またお便りします。
おやすみなさい。

（'14年6月5日消印）

浩太君へ

浩太君　良い知らせを聞かせましょう。漂流郵便局さんのおかげで君にはがきを書くことができるようになりました。今までおとうさんは君になんども語りかけてきました。声はとどいていましたか。きっととどいていなかったと思います。君がどこにいるのか分からなかったから。これでようやく君に思いをとどけることができます。君と別れてから19年がたちました。生きていてくれたら君は30歳になっているんだよ。君はどんな人になっていることでしょう。おとうさんには想像もできません。おとうさんは11歳の君の姿しかしらないんだから。一枚のはがきって本当に少ししか思いを書くことができません。でも君にはがきが届くようになったので、これからは何度でも思いを送ります。きょうはこの辺でね。またお便りします。おやすみなさい。

大西さんから届いた手紙　抜粋

拝啓　昨日NHKテレビの朝番組で漂流郵便局の存在を知りました。私にも返事をもらえなくても思いを伝えたい人がおります。今後その人を思い出し、伝えたい事がありましたらはがきを送らせていただきます。どうか受け取ってください。よろしくお願いします。

敬具

（'14年6月5日消印）

君の最後のことばは「おかあさん」。おとうさんでなかったのが少し残念。君はおかあさんが大好きで、とてもたよりにしていた。だからお年玉を貯めて、おかあさんにエメラルドの指輪をプレゼントしたよね。近頃、おかあさん君の指輪をしていない。聞いたら、太って指が入らなくなったって。でも時々指輪をそっと見ているそうです。やさしい浩太くん。ありがとうね。

（'14年6月9日消印）

けさ電車で見かけた男子中学生。どこかで見たような。小麦色にやけた顔。りりしいまゆ。閉じた目に長いまつげ。少しあぐらをかいた鼻。ちっちゃく結んだ口。思い出した。時々見ていたあの小学生。中学生になったんだ。あとに続いておりた駅。背丈は以前より20cmは伸びている。あっという間に階段を駆け下りてしまった。あしたも会えるといいな。これからも成長を見ていきたいな。彼に浩太を重ねていました。

（'14年6月14日消印）

サッカーワールドカップブラジル大会が始まりました。お家の二階でよくサッカー遊びをしたよね。座敷にお布団をひいて、おとうさんがキッカー、君はゴールキーパー。君はシジマールが大好きだった。君はハアー、ハアーいいながらナイスキーの連発。とても楽しかった。

君がいなくなってからおとうさんは子供たちにサッカーを教えるようになりました。まだ教えているんだよ。君と同じ小学生を。

（'14年6月16日消印）

今週の土曜日、いよいよ粟島へ行くこととなりました。昨夜おかあさんに話しをして、ＯＫをもらいました。でも漂流郵便局の話しはしていません。浩太もこの日に合わせて来てください。おかあさんも君に話したいことがいっぱいあるはずです。郵便局で待っています。

（'14年8月21日消印）

昨夜、テレビで伊吹山を放映していました。浩太ごめんなさい。伊吹山山頂でのいたずらごめんなさい。浩太を一人ぼっちにしてしまってごめんなさい。ちょっとしたいたずら心だったのに。浩太の取りみだしたようすを今でもわすれることができません。もともと悪い心臓が張り裂けんばかりの声。悪い心臓で走りまわる姿。ほんとうにごめんなさい。この時、おとうさんとおかあさんは浩太からどれだけ頼りにされているかをいたいほど知

りました。その後での醒ヶ井養鱒所での楽しい思いが心の救いです。いままで申しわけなくて伊吹山へは登れずにいました。この秋、思いきって登ろうと、おかあさんと約束しました。

（'14年8月22日消印）

平成26年8月23日、漂流郵便局へ初めて来ています。時間は今午後1時45分です。帰りの船が出るまでまだ1時間ほど残っています。おとうさんとおかあさんは船が出るぎりぎりまでこの郵便局で浩太がくるまで待っています。

（'14年8月23日消印）

夏休みも残り少なくなりました。
浩太君へ
お父さんと二人で来ましたよ。私には何も言わなかったんですが、お父さんは、浩太へ、お便りしてたのですね。ここに来るとあなたに会える気がしました。いい所ですね。これからは私もお話ししますね。ありがとう。

母より

初めての回転寿司体験。駅近くにある少し小さな回転寿司屋。Y兄ちゃんは青物。浩太はうなぎ。Tはエビとなぜかみんなそればかり食べていました。もちろん、おとうさんおかあさんもお寿司は大好き。今でもよく食べに行きます。でもいつも二人っきりです。
二人で席につき、まずはうなぎをオーダーしてから、それぞれ好きなお皿を取っていきます。そして最後におとうさんが浩太のうなぎをおいしくいただきます。おかあさんはいつも「食べたいんでしょ」って笑っています。回転寿司屋にはそんなに行っていないけれど、たくさんの思い出が詰まっている場所です。

（'14年9月10日消印）

10月7日はお父さんとお母さんの結婚記念日です。大西家はこの二人の出会いから始まりました。浩太は途中でいなくなってしまったけれど、今でも我が家には大切な一員です。なにせ今でもみんなの記憶に強く残っているんですもの。その中で今日のお父さんは落第生です。この大事な日に外でお酒を飲んで、今電車に乗っています。（電車の中でこのメモを取っています。）せめてもの罪滅ぼしとして、駅でお母さんと浩太のお土産を買って帰ります。これでゆるしてくれるでしょうか。追伸：お土産は浩太の大好きだったエクレアとシュークリームです。

（'14年10月14日消印）

昨夜の夕食。お母さんが「へしこ」を焼いてくれました。その時、浩太と行った天王寺動物園の記憶がよみがえってきました。動物園に行く道すがら七輪で「へしこ」を焼く風景とにおい。なつかしい。そのあとに天王寺の駅上で食べたホットケーキ。窓の下はJR天王寺駅。電車の出入りまでも鮮明に覚えています。浩太とすごした日々はなつかしく心に残っています。

（'14年10月20日消印）

全力で生きた息子への想いはつのるばかり。でも伝える手段がなかった

「今でも、ふとした瞬間に浩太のことを思い出します。でも、どうしてもだんだんと薄れていってしまうんです。それがすごく怖くて。こんなにしょっちゅう思い出しては泣いているのに、一方で浩太との思い出や彼への想いを少しずつ忘れていく自分がものすごく怖かった。そんなとき、テレビ番組で〝漂流郵便局〟を知ったんです」

〝宛先はわからないけれど、想いを伝えたい人がいる――〟。いてもたってもいられなくなった大西さんは、すぐにペンをとりました。

「浩太との別れ以来、初めて〝書きたい〟と思いました。言葉にして残したい、と。生まれつき心臓に疾患があった浩太が、強く明るく優しく、全力で生きた11年間。彼との日々や思い出、伝えたいことは山のようにあるのに、想いばかりがつのって手段がなかった。でもそんな想いを預かってくれる場所があると知って、やっと心の整理をする気になったのかもしれません」

1通目のはがきは、大西さんいわく、漂流郵便局への挨拶状。浩太に届けたい、伝えたい、今から送るから必ず受け取ってください。そう、祈るような気持ちで書いたそうです。

「最初の1通を送ったら、次から次へと書きたいことが浮かんできました。一緒に行った場所

や食べたもの、浩太の仕草や表情まで。自分でも驚くほどその瞬間のことを鮮明に覚えているんです。通勤電車に乗っているときに、ふと彼との思い出が1枚の絵みたいに浮かんできて…。浮かんだらメモをとっておき、浩太に話しかけるようにはがきを書くのが日課になりました」

はがきを出し始めて2か月ほど経ったころ、大西さんは奥様を旅行に誘いました。

「おいしいうどんを食べに行こう。ついでに香川県の丸亀城の石垣も見に行こう。近くに〝粟島〟という面白そうな島があるから、そこも寄ってみようよ。たしか、そんなふうに誘った気がします。実は、浩太へ手紙を出し続けていることを妻には内緒にしていたんです」

粟島の小さな港に着いた瞬間、時間の流れががらりと変わった、と大西さんはいいます。

「気づいたらゆっくりと歩いている自分がいました。でも、気持ちは急ぐんですよ、早く漂流郵便局に着きたくて。道すがら、僕ははじめて浩太宛の手紙を書いていることを妻に打ち明けました。妻は何もいわず、ただ黙って一緒に歩いてくれました」

大西さんが中田局長に宛てた手紙より、一部抜粋

船から降り、道しるべをたどり、郵便局へ急ぎました。
そして角を曲がった先にインターネットで何度も見ていた郵便局が本当にあったのです。
そして建物の中で、これも何度もお顔を拝見してきた中田郵便局長に笑顔で迎えていただきました。

そして郵便局での時間はあっという間に過ぎて行きました。
最初は自分のハガキを懸命に探していましたが、徐々に他の方のハガキも読むにつれ、
どのように説明したらいいのでしょうか、流れる涙がちがったものに変わってきたのです。
企画された久保田沙耶さんが「私たちは大きな流れの中の一部にすぎない」と
おっしゃっている事が少し理解できたように思います。
漂流私書箱にはいろんな思いがいっぱい詰まっていました。
息子との突然の別れ、そしてそれを思い続ける親の心、
その親も近い未来にはこの郵便局に思いと共に流れつく。
このような郵便局を開局いただき本当にありがとうございます。
今後も思いをしたため続けます。また何度でも訪問します。中田郵便局長の笑顔見たさに。

この手紙には、大西さん、奥様、中田局長の3人で撮った写真が同封されていました。

「大西さんは、浩太くんに書いたはがきをずっと探されていました。やっと見つけられたとき、私まで浩太くんにお会いできたような気がしてうれしくてね。帰り際、記念写真を撮りましょう、といわれたときに思わずピースをしてしまったんですが、まだまだ辛いお気持ちがおありになるなか、ピースは余計だったのではと反省しました」

同時に、大西さんから届いたこの手紙への返信もずっと遠慮していたといいます。
「お返事を出すことで、大西さんのお気持ちを乱したくないと思い遠慮していました。私が返

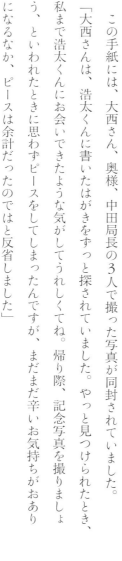

事を書くことで、浩太くんとお父さんの想いのキャッチボールが途絶えてしまうのではないかと心配だったのです。私の役割は、流れ着いたお手紙に消印を押して、またその流れに戻すこと。あくまで私は、この漂流郵便局の留守番役なのです」

一方、はじめて漂流郵便局を訪れた大西さんは「来てよかった」と心から思ったそうです。

「大切な人を亡くされた方のはがきを読みながら、同じ気持ちの方がたくさんいるんだなと実感しました。お会いしたことはないけれど同じ気持ちを抱えた方がいる、その想いを共有できるのは本当にありがたいなぁと。自分が書いたはがきも、この郵便局内で読むことで客観的に見ることができるんです。このときはこういう気持ちだったんだなと、あらためて気持ちの整理ができたような気がします」

何より、中田さんの笑顔。その温かさに安心できたといいます。

「中田さんと一緒に撮った写真は私の宝物です。ここはたしかにいろいろな想いが流れ着く場所ですが、不思議と明るくて清らかです。粟島という土地柄もあるのかもしれませんが、中田さんの笑顔に浄化されるのかもしれませんね。私たちの存在は、久保田さんのいうとおり、大きな流れのひとつにすぎません。ちっぽけな存在かもしれないけれど、そのなかでも懸命に生きていきたい。この場所に来て、そう思いました」

およそ25年前特急あずさで安曇野へ行く列車で隣りの席に座られた
○様 お茶をごちそうになりお話をさせて頂きとても紳士的な方と印象を受けました。仕事で○沿線のホテルへ行く途中とのお話でしたが、いっしょにとお誘いを受けましたが一瞬迷いましたがいっしょに行けませんでした。列車を降る時に名刺を頂き私から連絡しますとお話を致しましたが出来ませんでした。たぶん会社の地位の高い方でしたのでちょっと考えてしまったと思います。
でもあの時なぜ電話一本入れられなかったのか今でも悔いが残っています。

頂いた名刺は今でも持っています。なぜかすてられません。

今年の夏はそのホテルへ行って見たいと思っています。湖のほとりにあるとても景色の美しい所と伺っていましたので……。

H・O様

およそ25年前特急あずさで安曇野へ行く列車で隣りの席に座られたO様　お茶をごちそうになりお話をさせて頂きとても紳士的な方と印象を受けました。仕事でO沿線のホテルへ行く途中とのお話でしたが、いっしょにとお誘いを受けましたが一瞬迷いましたがいっしょに行けませんでした。列車を降（り）る時に名刺を頂き私から連絡しますとお話を致しましたが出来ませんでした。たぶん会社の地位の高い方でしたのでちょっと考えてしまったと思います。でもあの時なぜ電話一本入れられなかったのか今でも悔いが残っています。

頂いた名刺は今でも持っています。なぜかすてられません。今年の夏はそのホテルへ行って見たいと思っています。湖のほとりにあるとても景色の美しい所と伺っていましたので…。

お母さんお元気ですか。
天国でも、おはこの「エリーゼのために」や
「乙女の祈り」を弾いたり、俳句仲間と句会を
楽しんでいますか。そのうち私も仲間に
入れて下さいね。
さて、お母さんが長く勤めていた粟島
郵便局が「秋の瀬戸内海国際芸術二〇一三」
に、漂流郵便局として甦えりました。
十月五日〜十一月四日までの一ヶ月間ですが、
全国から沢山のお便りが届いたことでしょう。
そこでお母さんに、お願いがあるのですが
昔とった杵柄、行き先不明の葉書を
届けて下さいませんか。きっと喜ばれること
でしょう。地球温暖化で住みづらいこの世ですが
お母さんは、神様のみもとで安らかに
お過ごし下さい。又お便りします。

天国の母上様

お母さん、お元気ですか。

天国でも、おはこの「エリーゼのために」や「乙女の祈り」を弾いたり、俳句仲間と句会を楽しんでいますか。そのうち私も仲間に入れて下さいね。

さて、お母さんが長く勤めていた粟島郵便局が「秋の瀬戸内（海）国際芸術（祭）二〇一三」に、漂流郵便局として甦（え）りました。

十月五日〜十一月四日までの一ヶ月間ですが、全国から沢山のお便りが届いたことでしょう。そこでお母さんに、お願いがあるのですが昔とった杵柄《きねづか》、行き先不明の葉書を届けて下さいませんか。きっと喜ばれることでしょう。地球温暖化で住みづらいこの世ですがお母さんは、神様のみもとで安らかにお過ごし下さい。又お便りします。

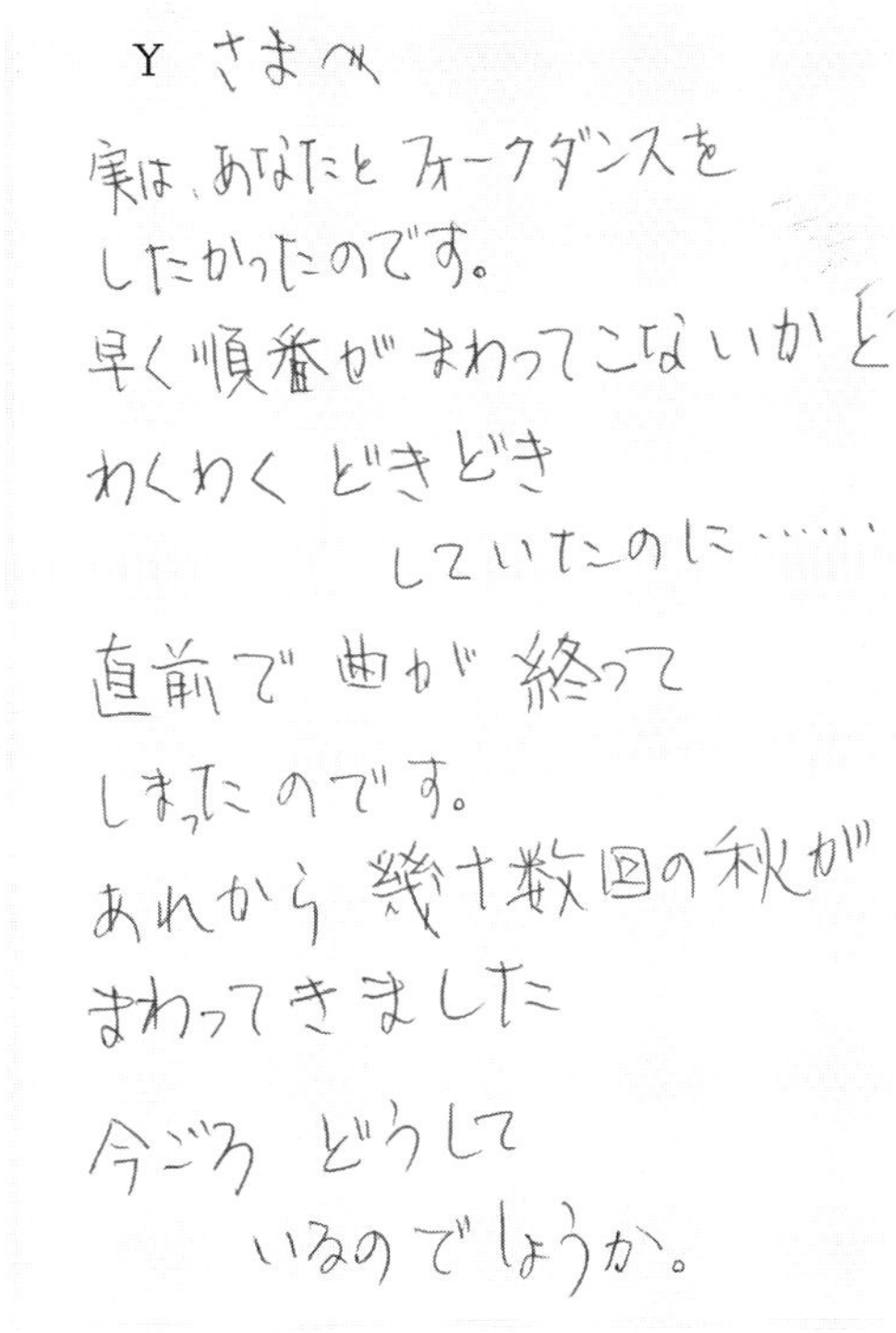
Y さまへ
実は、あなたと フォークダンスを
したかったのです。
早く順番がまわってこないかと
わくわく どきどき
していたのに……
直前で 曲が 終って
しまったのです。
あれから 幾十数回の 秋が
まわってきました
今ごろ どうして
いるのでしょうか。

Yさまへ

実は、あなたと
フォークダンスを
したかったのです。
早く順番がまわってこないかと
わくわくどきどき
していたのに……
直前で曲が終ってしまったのです。
あれから幾十数回の
秋がまわってきました
今ごろどうしているのでしょうか。

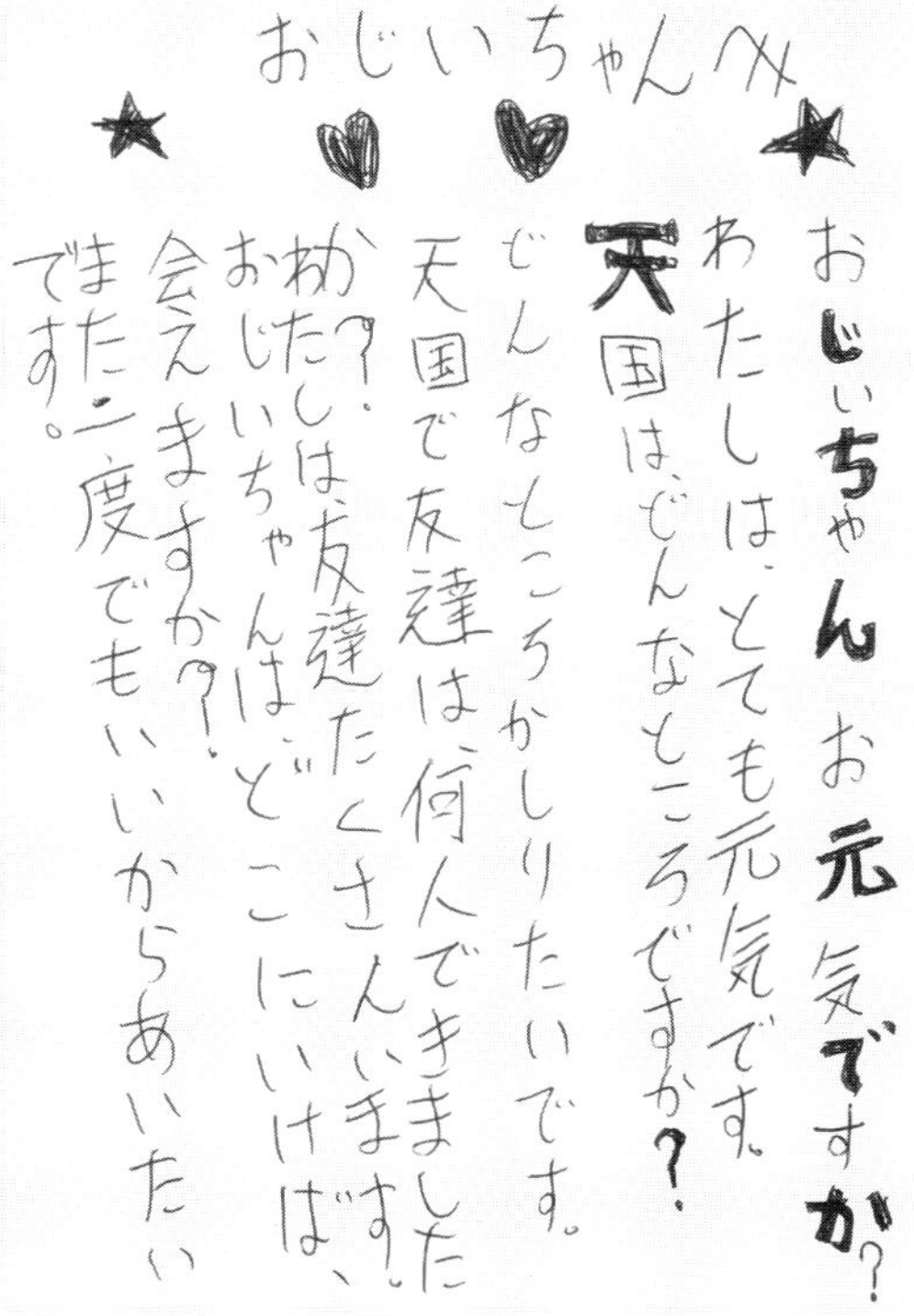
おじいちゃんへ
おじいちゃんお元気ですか?
わたしは、とても元気です。
天国はどんなところですか?
どんなところかしりたいです。
天国で友達は何人できました
か?
わたしは友達たくさんいます。
おじいちゃんはどこにいけば、
会えますか?
また二度でもいいからあいたい
です。

おじいちゃんへ

おじいちゃんお元気ですか?
わたしは、とても元気です。
天国はどんなところですか?
どんなところかしりたいです。
天国で友達は、何人できましたか?
わたしは、友達たくさんいます。
おじいちゃんは、どこにいけば、
会えますか?
また一度でもいいから
あいたいです。

こげ茶色の小さな体ー機敏なミソサザイさん……
君は、日本の野鳥仲間では最も小さい部類の
一種だよ、ネ。
がけ地や山の沢周辺で暮らしているんだよ、ネ。
僕の自宅近くに棲んでいたのは1955(昭和30)年
ごろまでだったっけな
どこへ引っ越したの　？
何で引っ越したの　？
自然環境が悪くなったからなのか……。
会いたいなあ。
君の姿は僕の心の中に生きているけれど
鳴き声は遠くなってしまったよ。
すっきりした声が聞きたいなあ、
姿も見たいよ。
会いたいなあーミソサザイさん

待っているよ、待っているからネ。僕は一
昔の自然環境をとり戻して……。

君がいつか戻ってきてくれることを。

2013(平成25)年10月吉日

[redacted]　A・Y

鷦鷯《ミソサザイ》様

こげ茶色の小さな体——機敏なミソサザイさん……
君は、日本の野鳥仲間では最も小さい部類の一種だよ、ネ。
がけ地や山の沢周辺で暮らしているんだよ、ネ。
僕の自宅近くに棲んでいたのは
１９５５（昭和30）年ごろまでだったっけな
どこへ引っ越したの？
何で引っ越したの？
自然環境が悪くなったからなのか……。
会いたいなあ。
君の姿は僕の心の中に生きているけれど
鳴き声は遠くなってしまったよ。
すっきりした声が聞きたいなあ、姿も見たいよ。
会いたいなあ——ミソサザイさん
待っているよ、待っているから、ネ。僕は——
昔の自然環境をとり戻して……。
君がいつか戻ってきてくれることを。

２０１３（平成25）年10月吉日

——[redacted] Ａ・Ｙ

POST CARD

769-1108

香川県 三豊市
詫間町 粟島 1317-2
漂流郵便局留め

漂流郵便局
'13.10.31
MISSING POST OFFICE

K・H 様

The Marmottan Monet Museum Exhibition Japan 2004

前略.

ご無沙汰しております。以前お会いした時から随分時間が経ってしまいました。お変わりなく過ごされていますか？ 東京はここ2.3日でぐっと冷えこみ.秋というよりはもう冬の気配です。貴方が住んでらした お屋敷の庭も.少しずつ色を変えています。

最近.貴方を訪ねて数人程.外国の方がいらっしゃいました。本当に.どなたにも行き先を伝えていなかったんですね。皆さん苦笑してらっしゃいましたけど.この手紙が もし届きましたら.一報いただけると幸いです。

(本当に.心配してらっしゃいましたよ…!)

それでは.よろしくお願いしますね.おおらかに。

パリ／マルモッタン美術館展

クロード・モネ《日本の橋》1918年
油彩、カンヴァス 100×200cm
マルモッタン美術館蔵

AY-04-033 Printed on 100% recycled paper with 100% Soyink
©Musée Marmottan Monet, Paris / Bridgeman Giraudon

K・H様

前略
ご無沙汰しております。以前お会いした時から随分時間が経ってしまいました。お変わりなく過ごされていますか？

東京はここ2、3日でぐっと冷えこみ、秋というよりはもう冬の気配です。貴方が住んでらしたお屋敷の庭も、少しずつ色を変えています。

最近、貴方を訪ねて数人程、外国の方がいらっしゃいました。本当に、どなたにも行き先を伝えていなかったんですね。皆さん苦笑してらっしゃいましたけど、この手紙がもし届きましたら、一報いただけると幸いです。

（本当に、心配してらっしゃいましたよ・・！）

それでは、よろしくお願いしますね。


あらあらかしこ。

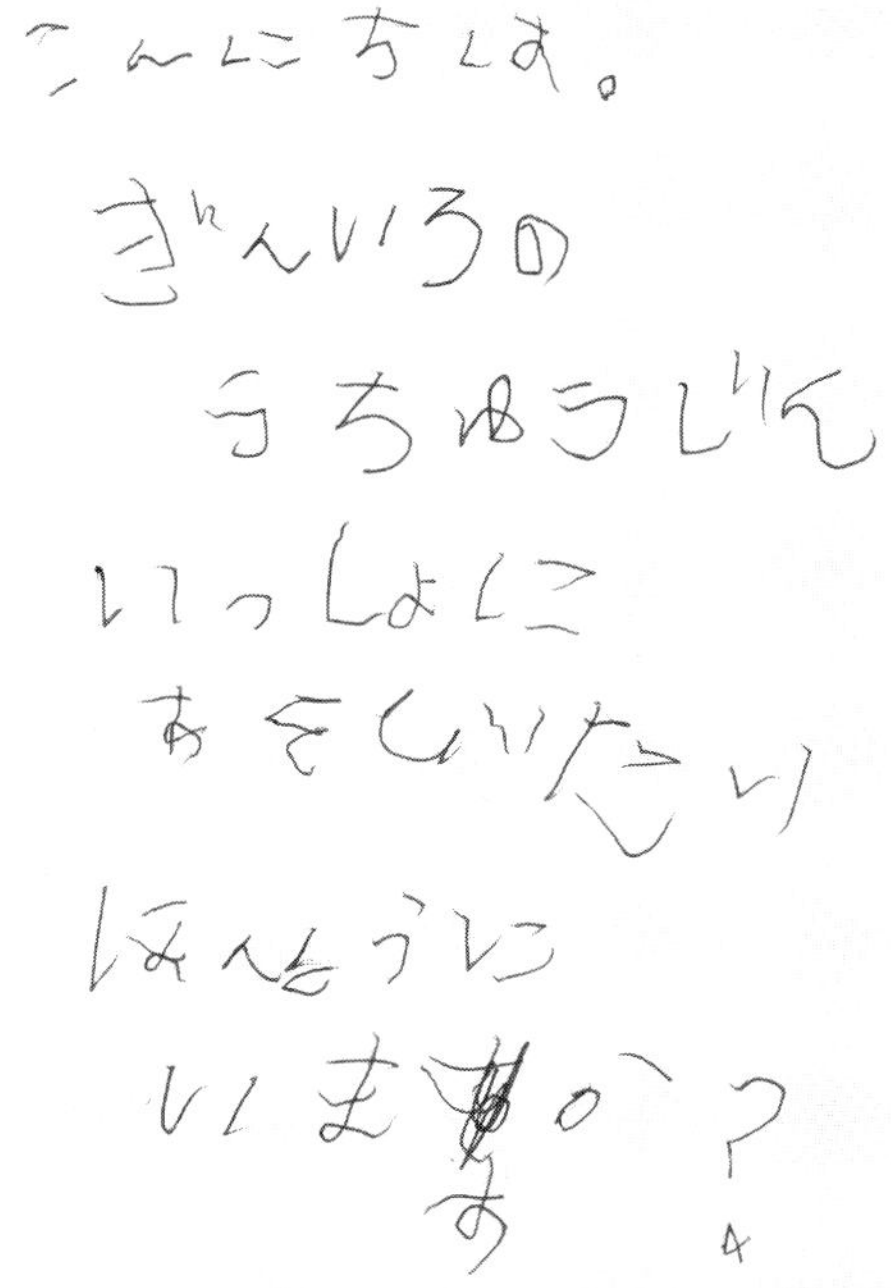

K

ぎんいろのうちゅうじん様

こんにちは。
ぎんいろの
うちゅうじん
いっしょに
あそびたい
ほんとうにいますか？

——K

漂流郵便局に手紙をお寄せくださった皆さまに
心から感謝申し上げます。

漂流郵便局

00.00.00
MISSING POST OFFICE

漂流郵便局とは？

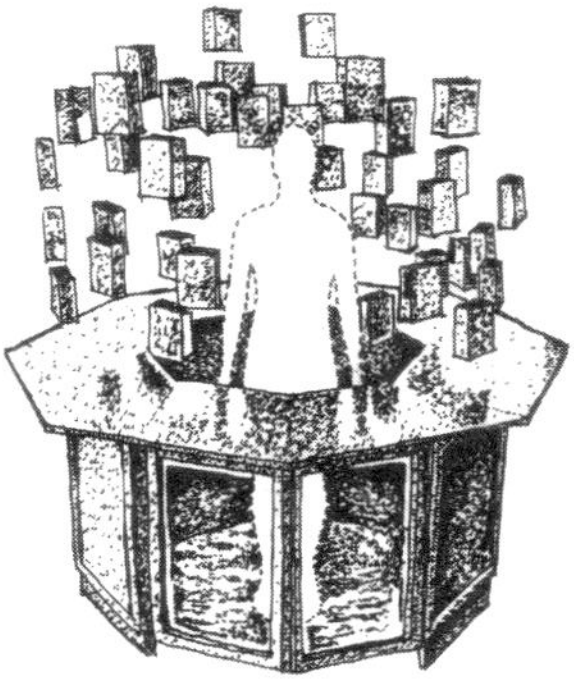

漂流郵便局ができるまで

久保田沙耶

スクリューの島

スクリューのような不思議な形の粟島《あわしま》は、はじめ3つの島からなっていました。そして、潮流により堆積した砂などによって島と島が繋がり、現在のような形になったそうです。

この粟島に漂流郵便局をつくり、今ではたくさんの手紙や人が集まるようになったこと。この島がさまざまな漂流物たちの繋がりによって現在の姿になったこと。これらが同じ流れのなかにあるようだと気づいたのは、島を離れてしばらく経ってからでした。

漂流物になってみる

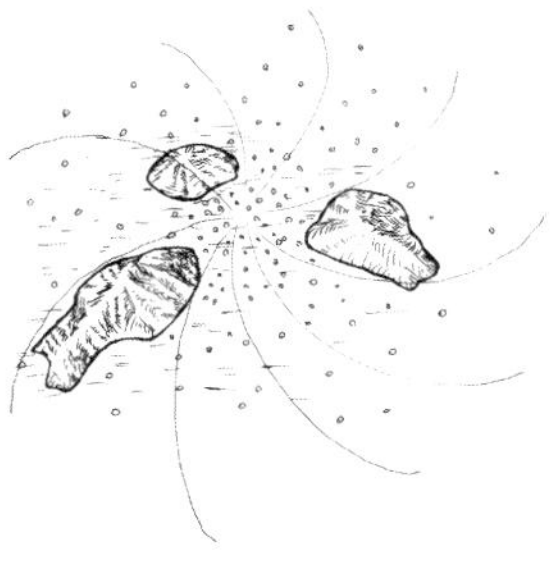

スクリュー島が
できるまでのイメージ

←

２０１３年の夏、粟島での滞在制作がはじまり、「漂う」とは何だろうと考えはじめました。手がかりをつかむために、毎日夕方の1時間を海で漂うことにしました。生まれてはじめてシュノーケルをつけ、浮かんで漂います。魚が通り過ぎたり、船からの波で砂が舞い上がり底が見えなくなったり、ずっと何も変わらなかったり、いろいろなことがありました。スカートをはいたまま浮かんでいると、波の繊細な動きがよくわかります。きっと人間の毛はこういう細かい気配に気付くためにあるのだと思いました。

海に漂っている状態は進む方向が定まっておらず、特に移動もなければ、かといって固定もされていないので、初めは不安でさみしい気持ちになりました。まるで自分がどこに行っても行方不明、どこにあっても所在不明であるように思いました。そして同時に、郵便局にはじめて立ち入ったあの日に「自分も大きな流れの一部である」と感じた感覚ととても近いものがありました。漂流物が漂うように、郵便物や私自身、この島や星ですらも、どれも絶えず移動していて、固定さ

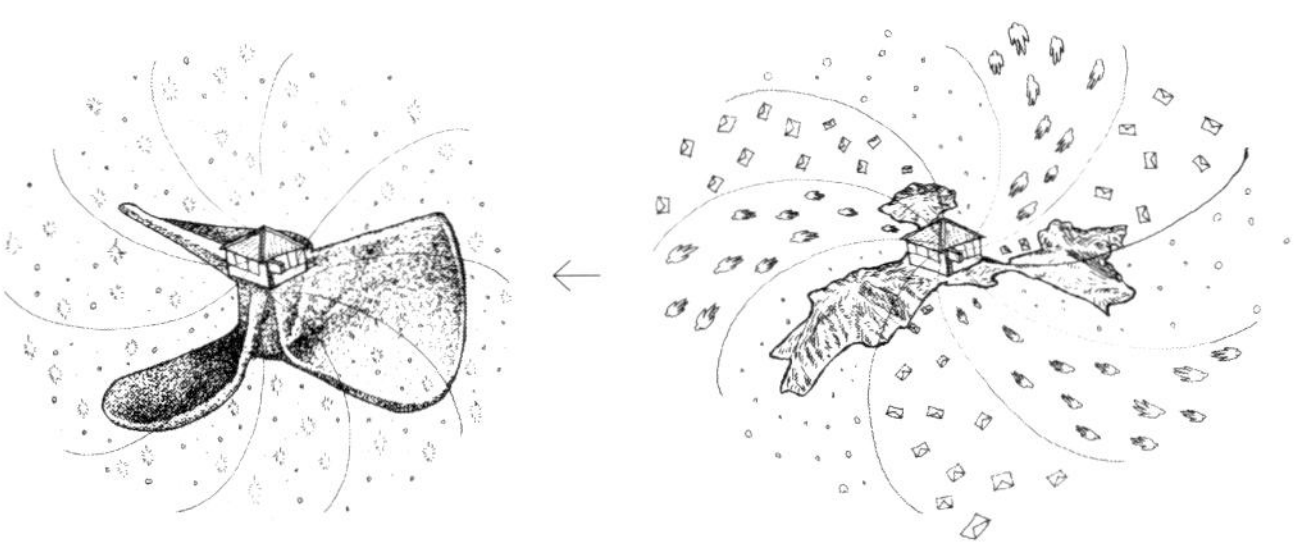

れているものなどないのかもしれません。

ある日の海からの帰り道、この「さみしい」と「行方不明」という言葉はどちらも英語の"missing"に当てはまると気がつきました。そこで漂流郵便局の英語のタイトルを"MISSING POST OFFICE"にしようと決めました。

ゆれる道と宝の地図

毎日海へ通い続けていると、不思議と波打ち際がゆれ動く道のように見えてきました。それ以来、陸上の道、海上の道があるように、波打ち際にも道があるのではないかと思うようになりました。

「波打ち際の道」で一番はじめに思い起こされたのは、伊能忠敬《いのうただたか》の地図測量でした。忠敬の「※大日本沿海輿地《よち》全図」はまさに波打ち際の道を丹念に歩きながら、移動の軌跡を測ることでつくられました。

驚くべきことに忠敬が日本地図をつくろうとしたきっかけは、「地

行方不明になる夕方

※大日本沿海輿地全図
日本最初の実測地図。1821年江戸幕府に献上。「伊能図」とも呼ばれ、明治以後の地図作成の基盤となった。

球の大きさを知りたい」という願いからでした。彼は子どものころから星と宇宙が大好きで、商人としての仕事を引退してから測量や天文観測を修めた末、地図をつくりはじめたそうです。人生50年といわれた当時、55歳から測量をはじめた忠敬の情熱とエネルギーに、私はただただ圧倒されました。そして、波打ち際を測ってつくられた日本地図は、私にとって「宝の地図」となりました。

地図というものは、だれにでも開かれた存在です。インターネットのマップやストリートビューが広まったときは、これから行く先の情報を得る目的とは別に、純粋な遊びとして自分の住んでいる地域や出身地を眺めてみた人は多いと思います。地形を読みながら、そこでの人や物や出来事をなぞって地図越しに自分の歴史を読んでいるのです。不思議なことに地図とはだれにも属さない情報体であるのに、読み方によっては自分だけのものになります。

そんな、だれのものでもあってだれのものでもなく、場所も時間さえもゆらいでいる漂流物のような手紙を受け付ける郵便局はできない

ゆれる道を歩いてみる

だろうか、と思い至りました。
こうした粟島での偶然の出会いや、私自身が気になって調べていたいくつかの歴史が重なって、「漂流郵便局」は生まれました。この作品は、２０１３年に開催された瀬戸内国際芸術祭で発表されたもので、私は２０１３年６月から約半年の間、粟島芸術家村に滞在しながらこの作品をつくりました。たくさんの人たちの協力によって生まれたこの郵便局は、※現在も継続して届け先のわからない手紙を受け付けています。

※現在　2015年1月現在

久保田沙耶

アーティスト

1987年、茨城県生まれ。
幼少期を香港で過ごす。
筑波大学芸術専門学群構成専攻総合造形領域卒業。
東京藝術大学大学院美術研究科絵画専攻油画修士課程修了。
現在、東京藝術大学大学院美術研究科博士後期課程美術専攻油画研究領域在学中。

日々の何気ない光景や人との出会いによって生まれる記憶と言葉、それらを組み合わせることで生まれる新しいイメージやかたちを作品の重要な要素としている。焦がしたトレーシングペーパーを何層も重ね合わせた平面作品や、遺物と装飾品を接合させた立体作品、さらには独自の装置を用いたインスタレーションなど、数種類のメディアを使い分け、ときに掛け合わせることで制作を続ける。

http://sayakubota.com

漂流郵便局 （旧粟島郵便局）

missing post office

敷地：238㎡ 建物：125.6㎡ 木造瓦葺平家建	作品制作：久保田沙耶 所有者：中田勝久

現在漂流郵便局になっている旧粟島郵便局の建物は、1964年（昭和39）に建てられたものです。はじめて粟島を訪れた日に、この旧粟島郵便局に出合いました。足を踏み入れると、海を思わせる水色のペンキで塗られた内装と、まるで水槽のような三面窓ガラス。埃《ほこり》をかぶっていても、その充実した郵便設備から、当時行き交っていた人々や郵便物が思い浮かびました。粟島の波打ち際で見つけた漂流物たち、かつてこの場所に集まった郵便物たち、ここに流れ着いてしまった自分とが重なりました。まるで自分も漂着物であり、大きな流れの一部でしかないように思えて、この場所の歴史と私自身の体験を作品として残すことはできないかと考えました。

明治維新の最中、「学校」「鉄道」「郵便」は、人の身体でいうところの「頭脳」「血液」「神経」にたとえられたそうです。1871年（明治4）に前島密《ひそか》によって推し進められた郵便制度は、日本の近代化において重要な役割を果たしました。粟島では、1891年（明治24）、初代局長となられた中野寅三郎氏によって粟島郵便局が設立されました。天然の良港があったことから、当時の粟島郵便局は、近隣の3つの島々へも手漕ぎ舟で郵便配達を請け負っていたそうです。

保險年金

中田勝久さんは、この粟島郵便局第10代目の局長です。中田さんが活躍した1953〜1998年の粟島は海運業で栄え、多くの島民は船乗りとして長く航海へ出ていました。遠く国外の海域まで向かう船上のお父さんたちと連絡をとるため、粟島郵便局にある電話交換室の電報をはじめとするさまざまな設備は、とても重要な役割を担っていたそうです。中田局長は45年間この粟島郵便局に勤められた後、1998年（平成10）に退職されました。今回、約15年ぶりに漂流郵便局としてこの建物が甦り、中田さんにも漂流郵便局長として再びここに立っていただけることはとてもうれしいことです。

1964年当時の旧粟島郵便局

給
郵便

漂流私書箱

missing post office box

2013年 素材：木材、鏡、ガラス、ピアノ線、ブリキ缶など サイズ：200×200×220cm	制作：久保田沙耶×永田康祐×松島潤平 素材提供：金方堂松本工業株式会社 コンセプト協力：松島潤平

「漂流郵便局」とは、届け先のわからない手紙を預かり、「漂流郵便局留め」という形でいつかだれかに届くまで漂流私書箱に手紙を漂わせておく郵便局です。

漂流私書箱の役割は、いわゆるタイムカプセルではなく、※ボトルメールを流す「波打ち際」に重ねられます。手紙を整理してストックするのではなく、手紙を漂流させる仕掛けです。だれのものでもありながらだれのものでもない状態に留めておくことで、たとえ宛先がいつの時代のどんなものであっても、手紙を時間の海に漂わせておくことのできる装置です。

漂流私書箱には、回転する八角形の卓の上に無数のピアノ線が挿し込まれています。そのピアノ線同士が、マグネットの仕込まれたブリキの箱によってつながることでフワフワと揺れながら自立する構造になっています。卓を回転させると、無数の箱の位置関係は不明瞭になり、手紙はたしかに私書箱の中にあるけれど、どこにあるのかわからなくなってしまいます。

※ボトルメール…瓶に封じて海や川などに流された手紙のこと。

回転すると、ピアノ線と手紙の入った箱たちが、風に吹かれるススキのようにサワサワと音を立てて揺れます。卓の下には金属ブラシが仕込んであり、さざ波のような音も立つ仕組みになっています。私書箱の台の内側は鏡張りになっており、ガラス扉から入ることができます。

ボトルメールとは、手紙の内容を伝えること以上に、「私」という送った人間がいるということを強く伝えるための方法です。漂流私書箱とは、投函されるひとつひとつの手紙の内容とともに「メッセージを送るものが絶えずいること」の価値、また「返事がなくとも絶えず語りかけ続ける」という人間の特性を伝える装置です。

局員からの2通の手紙

宛先不明の、人間をはじめたものたちへ

あなたたちが星空を見上げて線を引きはじめたそのとき、
洞窟の暗闇で動植物の姿を岩壁に描きはじめたそのとき、
あなたたちは私たちになりました。
あなたたちが発明した、その「モチーフ」という究極の愛情表現は
今でも強く、私たちを私たちたらしめ続けています。
あれから500万年、まだやっていることは変わっていません。
相変わらず星々も、鉱石も、動物も、草花も、
正確なコミュニケーションを交わすには至らず、こちらに関心を持ってはくれません。
未だ応答のないなか、結果として私たちは
私たちの間で交わすコミュニケーション手段を異常成長させることになりました。
そして「コラージュ」という、自己内で夢を増幅させる方法を覚えました。
「モチーフ」から生まれた膨大な事象をただひたすらに切り貼りしながら
日々生きながらえる力を得て、消費しています。
そして今、ようやく私たちができること、私たちの使命は
この永遠のコラージュの詰め合わせを保存し、人間を超えるものへと託して
送り届けることなのだということがわかりはじめました。
私たちがあなたたちと彼らを繋ぐ中間の存在でしかないことを自覚した今、
あなたたちのまなざしに込められた限りない愛を改めて感じています。
だから私たちはあなたたちの描いた物語を何度でもなぞり、
まなざしを重ねながら、星々とともにあなたたちへも語りかけることを、
ただ一時もやめません。
私たちの中に溶けているあなたたちに
今こそ会えるのだと信じています。
はじめまして、そしてさようなら

漂流郵便局員

漂流郵便局の開局時に、漂流郵便局員も２通の手紙を私書箱に投函しました。
１通目(右)は500万年前の人類の祖先に宛てた手紙で、
２通目(左)は私たち人類がいなくなったその後に生まれてくるであろう
次の存在に宛てた手紙です。

宛先不明の、人間を超えるものたちへ

いよいよ私たちの世界は永遠のコラージュ作業に入りました。
全ての物事が微塵切りにされ、
墓標のように名前を付けられてストックされていきます。
私たちの世界は、終わる予兆を悟ったかのごとく自己保存をはじめたのです。
どのくらい先になるかはわかりませんが、
やがて私たちの身体と文化の記憶全てを包含した
たったひとりの私たちの子どもが、この世界を閉じるでしょう。
今、私たちの身体において見えるもの、触れるもの、扱えるものたちを
あなたたちに捧げます。
チンパンジーと私たちが交わす言葉を失ったように、
おそらく私たちはあなたたちと話をすることができないでしょう。
この言葉が、あなたたちに届くかどうかすらわかりません。
それでもいつの日かあなたたちの手元に辿り着くよう、
この世界から生まれた夢の片鱗を「漂流郵便局」に漂わせることとします。
私たちのものでありながら、だれのものでもない、
固定されない浮遊状態に留めておくことで、
いつかきっとあなたたちへこの郵便物たちが届くことを信じています。
この言葉も、物も、音も、あなたたちには歪んだ状態でしか伝わらないでしょう。
しかし私たちが、あなたたちへの贈り物として
この世界を記述しようとしたその意志とまなざしが伝わりさえすれば、
全てが伝わったことと同じなのです。私たちがあなたたちの姿を思い描こうとしたこと、
あなたたちの出現を知っていたことが、
どうかあなたたちに伝わることを願っています。
さようなら、そしてはじめまして

漂流郵便局員

漂流郵便局
MISSING POST OFFICE

制服
uniform

2013年
素材：ウールサージ（ウール100%）、裏地（キュプラ100%）、袖裏（キニプラ100%）など

制作：hPark　古川博規
デザイン：久保田沙耶×古川博規

漂流郵便局の開局にあたって、制服をつくりました。襟元にある2本の金のラインは明治時代の海運に携わっていた郵便局員たちのセーラー服を参照し、生地はかつての粟島郵便局の制服や、元国立粟島海員学校の制服になるべく近い質感のものを取り入れながら、新しい漂流郵便局員の佇まいを探っていきました。

※出典『写真と絵で見る日本郵便の歴史』監修／郵政省
著者／橋本輝夫　1989年（財団法人ポスタルサービスセンター）

惑星儀

planetary globe

2013年 素材：骨董地球儀、ハーフミラー、モーター、 金属、スワロフスキーマーカサイトなど サイズ：110×75×75cm	制作：久保田沙耶 資材提供：SWAROVSKI GEMS™ シグニティ・ジャパン株式会社 制作協力：有限会社さいとう工房 有限会社ハル・ライトワーク

島で眩しい月を見て、月が自ら発光していないことに改めて驚きました。何気なく見過ごしている日常の風景も、もし切り取ることができたら同じように眩しいのかもしれません。そこで、昼の風景を集めて、夜、星にして見ることはできないかと考えました。

昼と夜を繋ぐ星のイメージ

昔の古びた地球儀を母体に「惑星儀」という装置をつくりました。地球の部分を取り除き、ハーフミラーガラスという光を半分透過し半分反射する素材で正20面体の惑星をつくり、地球の代わりにはめ込みました。惑星にはモーターをつけて、自転軸で回転させる仕組みです。

夜の郵便局で、昼間に撮影した島の景色を３方向からプロジェクターで惑星儀に投射します。ハーフミラーの惑星儀の中で３つの景色が混ざって反射し、たくさんの三角形の星が郵便局にちりばめられました。ときどき、犬が走り抜ける星、商店で買うコカ・コーラの赤い星、船が遠ざかっていく星が重なります。

ありふれているけれど意識して見ることのない昼間の光景を、夜に星として観測できるこの空間を「ヒルネタリウム」と名付けました。

局舎の外からヒルネタリウムを見てみると、歪んだガラスに光がゆらゆら浮かんで、大きな水槽のようです。まるで、たっぷりと海水をたたえて手紙が浮かんでいる夜の漂流郵便局が立ち現れたように思えました。

※P148上の写真撮影／小田大輔

漂流物たち

missing trace

2013年
素材：漂流物、ミクストメディアなど

制作：久保田沙耶

栗島の波打ち際で拾った漂流物たちに手を加えて《MISSING TRACE》という作品たちを制作しました。さまざまな場所から手紙が投函されるのと同じように、海を漂ってきた漂流物たちも漂流郵便局に流れ着き、同じ場所に置かれています。

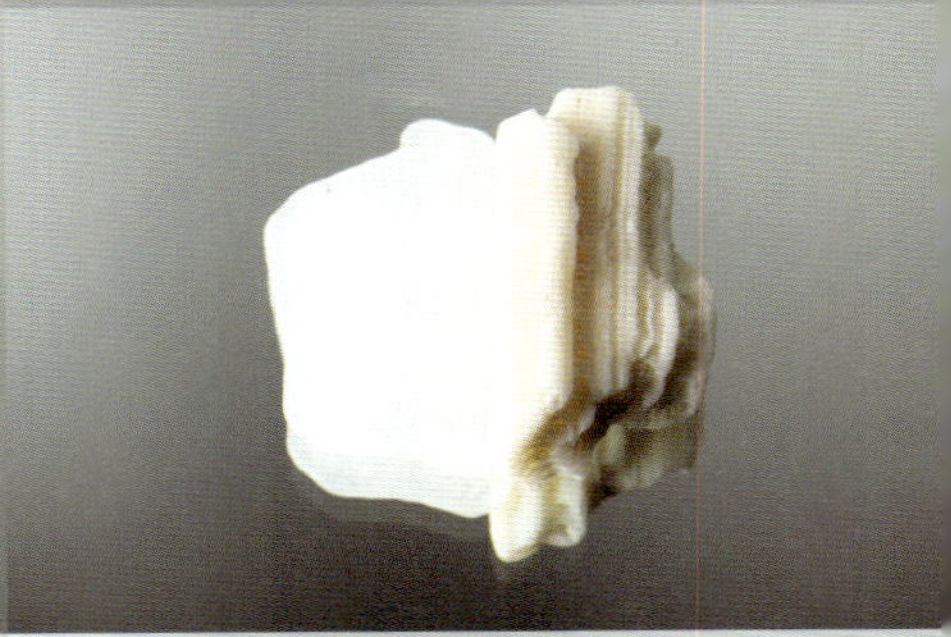

INFORMATION

いつかのどこかのだれか宛の手紙を「出したい」方は

いつかのどこかのだれか宛に手紙を出したい方は以下をご了承いただき、
下記の方法で漂流郵便局までお送りください。

1　送っていただいた手紙のご返却はできません。
2　手紙の著作権は「漂流郵便局」（制作者・久保田沙耶）に譲渡していただきます。
3　差出人様のご住所は不要です。

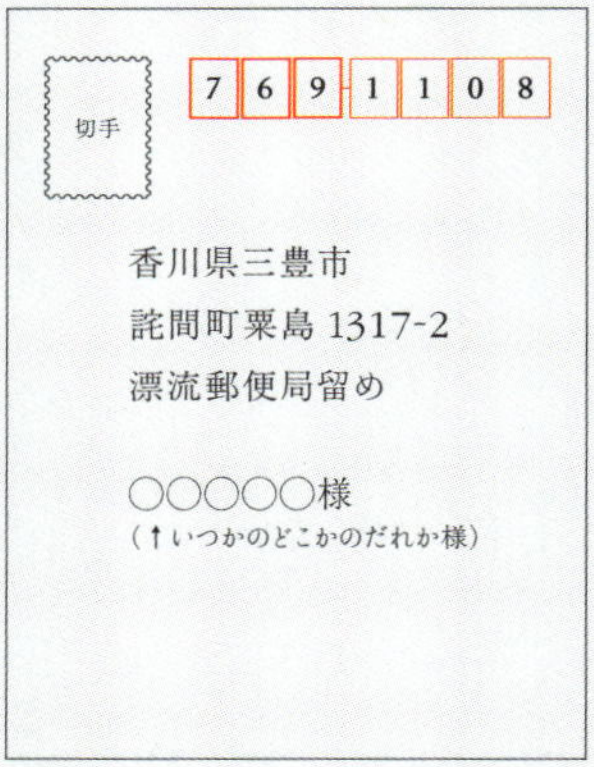

以上をご了承いただける方は、はがきに
切手を貼って右記宛先までお送りください。

漂流郵便局に直接投函することもできます。
営業時間内は窓口まで、それ以外は入り口左側の
「郵便受け」にお入れください。
詳細はホームページをご確認ください。

いつかのどこかのだれか宛の手紙を「読みたい」方は

いつかのどこかのだれか宛の手紙を読みたい方は
営業時間内に漂流郵便局までお越しください。
詳しい開局日、時間に関しましては
ホームページをご覧ください。

http://missing-post-office.com

郵便局への行き方

詫間駅まで

JR 岡山駅→詫間駅
JR 特急で約60分

JR 高松駅→詫間駅
JR 快速で約45分

JR 詫間駅⇔須田港

コミュニティバス・平日1時間に1本程度

須田港⇔粟島港

粟島汽船・1日8便

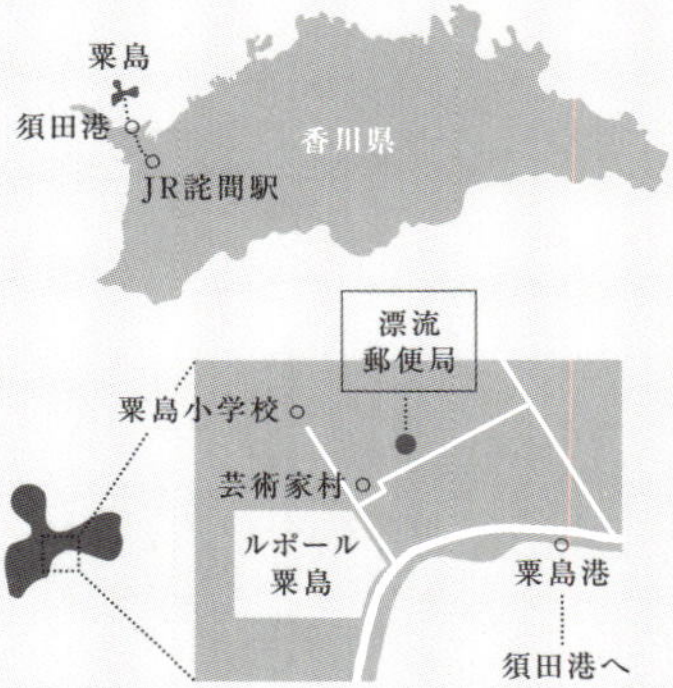

詳しくは三豊市ホームページにて
http://www.city.mitoyo.lg.jp

おわりに

返事はいらない

久保田沙耶

「なぜ人は返事のない手紙を書くのだろう？」

私の想像をはるかに超えるたくさんの手紙が漂流郵便局に届いている今、ふと不思議に思いました。まさに「ボトルメール」は返事のない不毛な手紙の典型です。書いても海に流してしまうのですから、返事は到底期待できません。それでもなぜ書くのか、そしてその魅力は一体何なのでしょうか。

「ボトルメール」から連想されるのは、物語でよく見られる瓶詰めの手紙や宝の地図を海辺で拾い上げるシーンです。幼いころからこのシーンはとても魅力的で、憧れのシチュエーションでした。大海原を漂ってきた、だれのものでもありだれのものでもない秘密。海水に揉まれ、すり減って丸くなったガラス瓶から手紙を取り出し、いつかのどこかのだれかが描いた自分の知らないまなざしをなぞって重ねる時間は、きっと特別な体験になるでしょう。

残念ながら私は実際にボトルメールを拾い上げたことはありませんが、そんな特別なまなざしの重なりを感じたことがあります。

それは谷川俊太郎さんの詩、「二十億光年の孤独」を読んだときでした。

二十億光年の孤独

谷川俊太郎

人類は小さな球の上で
眠り起きそして働き
ときどき火星に仲間を欲しがったりする

火星人は小さな球の上で
何をしてるか　僕は知らない
（或は　ネリリし　キルルし　ハララしているか）
しかしときどき地球に仲間を欲しがったりする
それはまったくたしかなことだ

万有引力とは
ひき合う孤独の力である

宇宙はひずんでいる
それ故みんなはもとめ合う

宇宙はどんどん膨んでゆく
それ故みんなは不安である

二十億光年の孤独に
僕は思わずくしゃみをした

※出典『二十億光年の孤独』谷川俊太郎　２００８（集英社文庫）

太陽も、星空も、地球も、草花も、鉱物も、動物も、人間のことなんてとことんどうでもいい。そんな二十億光年の孤独のなかでも他の星に友達をもとめ、「向こう側も私たちとコミュニケーションをとりたいと思っている」と信じ、語りかけ続けること。実際、人類は発生してから500万年ものあいだ語りかけることを一向にやめていません。ただの夜空の光のレイアウトから動物や道具をモチーフに星座をつくったり、神話をつくったりし続けてきました。このいまだわかり得ないものたちと意思疎通を「図ろうとする」、それはおそらく人間の取り得るどんな行為よりも強い力があると思っています。

漂流郵便局をつくっていくにあたって、人間の文化は何か目に見える対象とコミュニケーションを深くとり合うことだけで生まれるわけではないと思うようになりました。コミュニケーションのとれないものに対しても、やまない試行錯誤を繰り返すことこそが、文化の発生原理なのではないかと今、感じています。

漂流郵便局で垣間見ることのできる人間のコミュニケーションに対する尽きない欲求は、いつか私たちを所在不明の存在たちに出会わせてくれるでしょうか。

久保田沙耶

2015年1月

謝辞

漂流郵便局に手紙をお寄せくださった皆さまに深謝いたします。
また本書の実現、ならびにこれまでの作品制作において、
以下の方々、機関から多大なご協力を賜りました。厚く御礼申し上げます。

久保田沙耶

粟島の皆さま／石川カズキ／大澤紗蓉子／小澤洋美／小田大輔／佐藤ゴウシ／佐藤靖／菅原敏
田中美保／中田勝久／永田康祐／中村絵美／古川博規／松島潤平／元田喜伸／山口麻里菜

株式会社カシマ／株式会社徳島ネオン／金方堂松本工業株式会社
シグニティ・ジャパン株式会社／瀬戸内国際芸術祭2013
特定非営利活動法人　まちづくり推進隊詫間
松島潤平建築設計事務所／三豊市政策部産業政策課／有限会社さいとう工房
有限会社ハル・ライトワーク／hPark／SWAROVSKI GEMS™

（五十音順、敬称略）

漂流郵便局

届け先のわからない手紙、預かります

2015年2月7日　初版第1刷発行
2015年12月20日　第4刷発行

著　者　久保田沙耶
発行者　伊藤礼子
発行所　株式会社小学館
〒101-8001　東京都千代田区一ツ橋2-3-1
電　話　（編集）03-3230-5127　（販売）03-5281-3555
印刷所　共同印刷株式会社
製本所　牧製本印刷株式会社

デザイン　佐藤 靖（OFFS）
撮　影　元田喜伸
テキスト（P3～17）　菅原 敏
取材・編集　田中美保（スタッフ・オン）

ISBN 978-4-09-388402-0

制作／太田真由美・酒井かをり・斉藤陽子　販売／小菅さやか
宣伝／島田由紀　校閲／小学館出版クォリティーセンター　編集／小澤洋美